Corinna Weber

AF190614

Das Rätsel vom Schwarzwald
Ein Titisee Krimi

-Kommissar Hansen und
der Tote in der Sauna-

Impressum:

Bibliografische Information der Deutschen Nationalbibliothek:
Die Deutsche Nationalbibliothek verzeichnet diese Publikation in der Deutschen Nationalbibliografie; detaillierte bibliografische Daten sind im Internet über dnb.dnb.de abrufbar.

© 2024 Corinna Weber

Verlag: BoD • Books on Demand GmbH, In de Tarpen 42, 22848 Norderstedt
Druck: Libri Plureos GmbH, Friedensallee 273, 22763 Hamburg
ISBN: 978-3-7597-6963-3

Über die Autorin:

Corinna Weber wurde 1976 in Darmstadt geboren. Sie lebt mit ihrer Familie in dem beschaulichen Örtchen Wald-Michelbach im Odenwald.

Mit einer 24jährigen und einer 12jährigen Tochter an der Hand, ihrer kleinen Krawalli fest im Herzen und seit 27 Jahren einem Mann an ihrer Seite, der fest zu ihr steht, hat sie bis jetzt alle Stürme des Lebens (fast) erfolgreich gemeistert.

Sämtliche Personen der Geschichte, sowie Handlungen oder Ähnlichkeiten, sind frei erfunden und daher rein zufällig.

Die Orte und Locations entsprechen der Realität

Neben der neu entstandenen Krimi-Reihe „Das Rätsel" mit dem ersten Band „Das Rätsel von Föhr" mit Kommissar Knut Hansen entstammen der Roman „Auf Umwegen zur Hölle - Trottel mit Flügeln sucht neuen Job", die biografischen „MUDDI Zusammen schaffen wir alles"- Bücher sowie die Taschenbuch-Reihe „Ronjas Welt" aus der Feder der Odenwälder Autorin.

Inhaltsverzeichnis:

Kapitel 1 - Knut und Anita

K nut war in Anitas Ohrensessel einge-
nickt, sein Kinn war auf seine Brust
gesackt und er gab leise schnarchende Töne
von sich. Alles in allem ein Bild völligen Frie-
dens und absoluter Ruhe. Bis zu dem Moment, in dem Anita im Flur ohrenbetäubend
aufschrie und es ziemlich laut polterte. Knut
schreckte hoch, riss die Augen auf und griff
sich an die rechte Seite, um seine Waffe zu ziehen. Dem Lärm nach, den er eben im Zustand
seiner Schlafdämmerung gehört hatte, wurde
Anita gerade von einem potentiellen Mörder
bedroht und kämpfte um ihr Leben.

Als er jedoch bemerkte, dass er anstatt seiner „Arbeitskleidung" nur eine Jogginghose
trug, in deren sich in der rechten Hosentasche
lediglich ein völlig zerfleddertes Taschentuch
befand, überlegte er kurz fieberhaft, wie und
vor allem mit was er seiner Lebensgefährtin
hilfreich zur Seite eilen könnte.

Aber noch ehe er den Gedanken zu Ende
denken konnte kam Anita ins Wohnzimmer
gerannt. Ihre Augen glänzten fast schon fieberhaft und ihr Atem flatterte. Knut sprang
auf und machte sich bereit, dem Tod ins Auge
zu blicken und dem (hoffentlich nicht allzu
großem) Einbrecher ein paar auf die Glocke
zu hauen.

Er zischte ihr zu: „Hierher und hinter
mich! Schnell!!"

Anita sah ihn völlig entgeistert an. Sie trat einen Schritt auf ihn zu und legte ihm die Hand auf seine Wange.

„Hast du schlecht geträumt, Puschi? Oder bist du jetzt völlig durchgedreht??"

Knut schielte argwöhnisch zur Tür und lauschte, dann wandte er sich wieder Anita zu.

„Ich habe dich schreien gehört und dachte, du wirst gerade eiskalt gemeuchelt. Warum in aller drei Teufels Namen veranstaltest du denn hier so ein Affentheater? Ich hätte einen Herzinfarkt kriegen können, weißt du das??"

Schweratmend ließ er sich zurück in den Sessel fallen und rieb sich über sein schweißnasses Gesicht. Anita störte sich keinesfalls an den stark gebeutelten Nerven von Knut, sondern wedelte nun aufgeregt mit einem Brief vor seinem Gesicht herum.

„Da, guck doch mal. Ich kann`s noch gar nicht wirklich glauben. Ich habe gewonnen! Ich könnte gerade völlig ausflippen, echt jetzt. Stell dir das mal vor. Du und ich, fünf Tage am Titisee!!"

Sie tänzelte durchs Wohnzimmer und jubelte. Knut richtete sich im Sessel auf, zog die Augenbrauen nach oben und kratzte sich hinter dem rechten Ohr.

"Würdest du das bitte nochmal wiederholen? Offenbar lässt mich mein Gehör auf den Schreck hin gerade völlig im Stich. Ich habe nur irgendwas mit „Titten" verstanden."

Anita zog eine kleine Schnute und rollte dann mit den Augen.

„Nicht Titten du Dösbaddel, sondern Titisee. Ich habe vor einiger Zeit bei einem Preisausschreiben mitgemacht, eigentlich nur wegen dem Kaffeevollautomaten, den es als zweiten Preis zu gewinnen gab. Aber jetzt habe ich den ersten Preis gewonnen. Und könnte gerade auf der Stelle durchdrehen vor Freude. Ist das nicht phantastisch? Fünf Tage nur du und ich? Ach so, was den Lärm betrifft, den du gehört haben willst... ich habe vor lauter Aufregung aus Versehen den Schirmständer umgerannt, also kein Einbrecher oder Mörder weit und breit."

Sie strahlte über alle verfügbaren Backen, flitzte zu Knut und drückte ihm einen dicken Schmatzer mitten auf den Mund. Der verstand weiterhin nur Bahnhof und ihm schwirrte ein wenig der Kopf, weil Anita immer noch durch das Wohnzimmer hüpfte wie ein kleiner, dicker Flummi.

„Könntest du dich jetzt bitte mal beruhigen und mir diesen Wisch zeigen?"

Er griff in die kleine Brusttasche seines Polohemdes, förderte eine schmale Lesebrille zutage und setzte sich aufrecht in den Sessel. Murmelnd begann er, sich den Brief durchzulesen und war zunächst vollkommen sprachlos. Tatsächlich hatte Anita wohl dieses Mal einen richtig großen Fang gemacht.

Sie nahm sehr oft an Gewinnspielen jeglicher Art teil, es war sozusagen, neben Kochen und Tratschen, eines ihrer Hobbys. Bisher hatte sie allerdings noch nie wirklich etwas gewonnen. Wenn man von den zahlreichen Kugelschreibern, den Tassen und dem zehnteiligen Käsemesser-Set einmal absah. Das hier war allerdings offensichtlich eine richtig große Nummer. Vier Übernachtungen in einem Vier-Sterne Hotel im Schwarzwald, direkt am Titisee, An-und Abreise sowie das Frühstück waren inbegriffen. Ebenso eine Wellnessbehandlung im hoteleigenen Spa-Bereich.

Das Anita deswegen nun vollkommen ausflippte konnte Knut insgeheim wirklich gut verstehen. Der einzige Wermutstropfen für ihn an der ganzen Sache war, dass sie mit IHM dahin wollte. Und während Anita immer noch jubelnd in Richtung ihres Handys enteilte, um ihre beste Freundin Hedwig anzurufen lehnte er sich zurück und schloss die Augen. Er und Anita kannten sich nun schon über ein Jahr. Er bezeichnete sie gerne als seine „Lebensabschnittsgefährtin", weil er sich immer noch nicht sicher war, ob er bis zu seinem Lebensende mit ihr zusammenbleiben wollte. Sie war eigentlich im Großen und Ganzen ein netter und liebevoller Mensch und rein optisch auch ziemlich genau sein Typ.

Auch wenn sie hier von der Insel Föhr stammte, wäre sie auch locker als Spanierin durchgegangen. Ihre Haare waren schwarzgelockt, ihre Augen feurig und ihre Figur eher füllig. Vor allem ihr runder Hintern hatte es ihm ziemlich angetan. Ausserdem konnte sie kochen wie keine Zweite. Einzig ihr ständig offener Mund, die etwas quietschige und immer leicht nörgelige Stimme, sowie ihre Angewohnheit, ihn „Puschi" zu rufen störten ihn hin und wieder gewaltig. Um sich nicht ständig in den Haaren zu liegen (was sie über kurz oder lang bestimmt täten) hatte jeder von ihnen seine eigene Wohnung behalten. Sie sahen sich meistens nur über die Wochenenden, oder wenn Knut mal ausser der Reihe einen Tag frei hatte. Es war zwar nicht so, dass ihn sein Beruf als Hauptkommissar hier in Wyk sonderlich stresste, aber er liebte es, abends in seine ruhige und gemütliche Wohnung zurückzukehren, ohne dass er dort noch zu irgendwelchen erzwungenen Gesprächen oder anderen seltsamen Aktionen genötigt wurde. Seine Exfrau Karin nannte ihn deswegen auch gerne einen „leicht seltsamen Eigenbrötler".

Nach dem Mord an dem jungen Mann am Strand vor einem dreiviertel Jahr war es wieder ruhiger geworden in und um sein geliebtes Inselstädtchen. Für einen kurzen Moment erschien die junge, zerbrechliche Frau vor seinen Augen, die in dem Mordfall eine nicht unbedeutende Rolle gespielt hatte. Seine Augen öffneten sich und sein Blick wurde ein wenig schwermütig. Hin und wieder, für einen kurzen Augenblick gestattete er sich, an sie zu denken. Mit einem kurzen Ruck durch seinen

Körper holte er sich zurück in die Gegenwart. Anita wollte also mit ihm an den Titisee. Er seufzte. Vier Nächte, dass hieß fünf Tage am Stück mit der Frau, die er sonst im Normalfall gerade einmal zwei Tage ertrug.

Und ausserdem war er durch und durch ein Gewohnheitstier. Und als solches war er auch bisher selten von seiner Insel wegzubekommen. Er war zwar früher hin und wieder mit seiner Exfrau in Urlaub gewesen, einmal waren sie sogar nach Griechenland geflogen. Er musste zwar zugeben, dass ihm die Umgebung und auch das Mittelmeer ganz gut gefallen hatten, aber die Hitze und das Essen bekamen ihm nicht. Nach drei Tagen vermisste er den meist kräftigen Wind der Nordsee, die salzige Luft und ein richtig frisches und leckeres Krabbenbrötchen. Nach vier Tagen war seine Lust auf Föhrer Tee und Friesentorte von seinem Lieblingscafe „die Insel" in Wyk so groß, dass er den Urlaub am liebsten abgebrochen hätte und auf der Stelle heimgeflogen wäre. Karin war dementsprechend leicht angesäuert und hatte ihm geschworen, nie wieder mit ihm irgendwo hinzufahren. Wenn man es sich genau überlegte, waren sie dann auch tatsächlich in den nächsten drei Jahren, nämlich so lange wie ihre Ehe danach noch andauerte, nicht mehr weg gewesen. Knut war das egal, er brauchte nichts anderes als seine Insel, mit allem, was sie für ihn ausmachte. Seine Reiseunlust, die fehlende Bereitschaft, sich auf etwas Neues einzulassen und sein eigenbrötlerisches Wesen führten schlussendlich dann auch zur Scheidung.

Er blieb die ersten Jahre danach zunächst lieber alleine, genoss es, niemandem Rechenschaft ablegen zu müssen und seinen Feierabend in Ruhe genießen zu können. Natürlich gab es hin und wieder die ein oder andere Frau. Aber im Endeffekt blieb keine länger als vier oder fünf Wochen. Sie waren kurze Episoden in seinem Leben, die er meist schnell wieder vergessen hatte. Anita war bisher die rühmliche Ausnahme. Sie hatte es bis jetzt am längsten mit seinen Macken und Launen ausgehalten. Und er mit ihr. Auch wenn sie mitunter, wie er ihr auch gerne öfter an den Kopf warf, unglaublich anstrengend und störrisch sein konnte. Aber sie war eine fantastische Köchin, hatte Sinn für Humor (den sie bei Knut auch brauchte), nahm sich selbst nicht ganz so ernst, war loyal, ein ziemliches Temperamentsbündel und ein wahres Feuerwerk im Bett. Alles in allem war Knut also ganz zufrieden. Einzig die Tatsache, dass sie jetzt vorhatte, ihn fünf Tage lang quasi ans Ende der Welt zu schleppen bereitete ihm gerade ein wenig Unbehagen. Für Knut war der Schwarzwald ungefähr so weit weg wie China, immerhin mussten sie dafür einmal fast durchs ganze Land. Vom tiefsten Norden bis runter in den badischen Süden. Und er war sich jetzt schon ziemlich sicher, dass er dort wahrscheinlich weder Krabbenbrötchen noch Salzwiesenlamm, geschweige denn Friesentorte bekommen würde.

Er holte tief Luft, als er Anita laut in der Küche lachen hörte.

„Mach`s gut Hedwig, ich geh jetzt mal planen. Ausserdem muss ich mit Knut wohl noch mal shoppen gehen. Mit dem, was der „Klamotten" nennt, fahr ich nicht mit ihm in den Urlaub."

Sie drehte sich um, als sie Knut im Türrahmen gewahr wurde. Anita legte auf und sah ihn herausfordernd grinsend an. Der verzog ein wenig mürrisch die Mundwinkel.

„So so, die feine Dame schämt sich also für mich. Wäre es denn dann nicht erheblich einfacher, ich würde hierbleiben und du nimmst Hedwig mit?"

Insgeheim hoffte er, Anita würde seinem Vorschlag freudig zustimmen. Die aber schüttelte resolut den Kopf.

„Das könnte dir so passen, Hansen! Ne ne, du kommst schön mit. Wir beide werden uns fünf traumhaft schöne Tage im Schwarzwald machen. Mit allem Zipp und Zapp. Wellness, Erholung, lecker Essen, ein schönes Hotel... das wird fantastisch, glaub`s mir. Und jetzt zieh dir was Vernünftiges an, wir machen mal einen Abstecher in die Königstraße, vielleicht finden wir noch etwas Schickes für dich!"

Knut ergab sich seufzend seinem Schicksal, während in seinem Kopf ein ziemlich guter Plan heranreifte.

Kapitel 2 - Knut auf Reisen

„Bitte Kilian, du MUSST mitkommen! Lass mich nicht im Stich. Ich ertrage keine fünf Tage „Pärchen Zeit". Ausserdem hätte deine Ulrike da doch bestimmt auch Spass dran."

Kilian Brandner am anderen Ende der Leitung lachte laut auf. Zwischen den beiden Männern war eine enge Freundschaft entstanden, seit er und Knut Hansen gemeinsam auf Wyk ermittelt und einen Mord aufgeklärt hatten. Sie telefonierten seitdem regelmäßig und hatten sich sogar schon dreimal wieder getroffen. Der gebürtige Bayer Kilian fühlte sich mittlerweile in Flensburg fast schon heimisch. Was vor allem auch an seiner neuen Freundin Ulrike Theesen lag. Sie und Kilian hatten sich während einer Ermittlung zum ersten Mal getroffen. Kilian war als Hauptkommissar zu einem Fall in der Flensburger Drogenszene hinzugerufen worden und hatte Ulrike im Rahmen ihrer Tätigkeit als Kripobeamtin des Drogendezernats und Jugendkriminalität kennengelernt. Und war sofort Feuer und Flamme für die sympathische und sehr attraktive Frau.

Sie hatten sich danach immer mal wieder getroffen, waren Kaffee trinken, spazieren oder zusammen essen. Und ganz langsam entwickelten sich Gefühle, auf beiden Seiten. Kilian sträubte sich Anfangs sehr gegen das, was er fühlte, wenn er Ulrike sah. Immerhin war er verheiratet, seine Frau Ludwina lebte mit den erwachsenen Kindern und den Enkeln in Bayern. Aber nach einiger Zeit konnte er sich nicht mehr gegen all die Emotionen erwehren, und nach einem wunderbar entspannten Abendessen kam es dann zum ersten Kuss zwischen ihm und Ulrike. Sie war drei Jahre jünger als er, hatte dicke braune glatte Haare, die sie oft zu einem Zopf zusammengebunden hatte und eine schlanke Figur. Ulrike sprühte vor Lebenslust und Optimismus, ihr helles Lachen war ansteckend, sie war witzig und strahlte gleichzeitig eine unglaubliche Wärme aus. Ihr ganzes Wesen war hell und einnehmend.

Kilian war fasziniert von dieser Frau, und fühlte sich mit ihr an seiner Seite seltsam verjüngt und so lebendig, wie seit Jahren nicht mehr. Nach einigen Wochen, als er merkte, dass er mehr von Ulrike wollte als nur eine lockere Beziehung nahm er Urlaub und fuhr nach Bayern, um mit seiner Frau Ludwina zu reden. Die war sich insgeheim schon lange bewusst darüber, dass ihre Ehe eigentlich nur noch auf dem Papier bestand. Sie dachte während des Gespräches zwischen ihr und Kilian an die langen Jahre, in denen sie verheiratet gewesen waren. Es hatte schöne Zeiten gegeben, aber auch sehr schwierige. Und eigentlich war sie fast ein wenig erleichtert, dass das alles nun so ein relativ friedliches Ende fand. Sie würde Kilian die Trennung so einfach wie möglich machen und keinerlei Ansprüche erheben. Natürlich würde sie hier im Haus wohnen bleiben.

„Du bist uns jederzeit ein gern gesehener Gast." Sie lächelte ihn liebevoll an. Dann schluckte sie.

„Und deine Ulrike natürlich auch."

Kilian hatte ihr offen und ehrlich gestanden, dass es eine andere Frau in seinem Leben gab, und Ludwina hatte ihn seltsamerweise sogar verstanden. Ihr Leben hier in Bayern drehte sich überwiegend um die Kinder und die Enkel. Sie ging einigen ehrenamtlichen Tätigkeiten nach, war ein sehr engagiertes Mitglied im Gemeinderat und stets interessiert an allem, was am und im Dorf passierte. Kilian war das alles schon immer ein wenig zu spießig und kleinkariert gewesen. Und auch, wenn er damals mit der Versetzung von Bayern nach Schleswig-Holstein zunächst mehr als unzufrieden war, so hatte er sich dennoch überraschend schnell in Flensburg eingelebt und konnte sich mittlerweile kaum noch vorstellen, zurück in die bayrische Provinz zu kommen.

Im Norden konnte er durchatmen, dort erschien ihm alles offener und freier. Ihm gefielen der Wind, die Menschen und die Nähe zur Ostsee. Nachdenklich sah er sich in dem gemütlich eingerichteten Wohnzimmer um. Schwere, rustikale Möbel, niedrige Holzdecken und Echtholzparkett auf dem Boden. An den Fenstern karierte Vorhänge, an den Wänden Bilder von Jagdszenen und rechts über ihm hing ein großes Hirschgeweih von einem 14-Ender. Dieser Einrichtungsstil zog sich durchs ganze Haus und er hatte plötzlich das Gefühl, in der engen Miefigkeit zu ersticken. Er sprang von der Couch, als wäre er auf der Flucht vor sich selbst.

„Ich muss kurz an die Luft. Magst du mit rauskommen?"

Er sah Ludwina von der Seite an. Sie war so ganz anders als Ulrike. Sie lebte und liebte all das hier. Ihre Haare waren zu einer kleinen Krone auf dem Kopf zusammengeflochten und sie trug ein einfaches Alltagsdirndl. Irgendwann hatte Kilian sie genau deswegen einmal geliebt. Aber inzwischen wusste er, dass er schon viel früher hätte gehen sollen. Aber wie hatte sein Freund Knut so schön philosophiert?

„Die Hälfte unseres Lebens ist vorbei, warum die andere Hälfte nicht einfach mal glücklich werden?"

Und Kilian wusste genau in diesem Moment, dass er recht hatte. Nachdem er einen wirklich schönen Abend mit der ganzen Familie verbracht hatte, packte er am nächsten Tag noch all die Dinge zusammen, die er gerne mitnehmen wollte nach Flensburg. Eine Lampe, die noch seiner Mutter gehört hatte, Kleider, ein paar Bücher, Bilder und drei Fotoalben. Er umarmte Ludwina noch einmal liebevoll.

„Danke... für alles!" Er wirkte dabei fast ein wenig hilflos und verlegen.

„Und grüß mir die Kinder." Er stieg ins Auto und sah in den Rückspiegel, während er vom Hof fuhr. Ludwina hatte die Hände über der Schürze gefaltet und die Augen geschlossen. Für den Bruchteil einer Sekunde wäre Kilian gerne noch einmal herumgedreht, dann aber holte er tief Luft und trat aufs Gas.

Dass er eigentlich in diesem Moment mit Knut telefonierte und dieser auf eine Antwort wartete, er aber gedanklich gerade völlig abgedriftet war bemerkte er erst, als Knut ihm fluchend ins Ohr schimpfte.

„Sach ma, hast du mir die letzten fünf Minuten überhaupt zugehört oder habe ich Selbstgespräche geführt?? Du kommst gefälligst mit, ich will da nicht ohne männliche Unterstützung hin."

Kilian schmunzelte. Knut klang wirklich äußerst verzweifelt. Dann wurde er ernst.

„Knut, du weißt aber schon, was das für eine ewig lange Tour ist, oder? Einmal von ganz oben nach ganz unten, da sind wir ja fast einen ganzen Tag lang nur unterwegs."

In Gedanken überlegte er aber schon, welche Route er am besten nehmen sollte und um wieviel Uhr er in Flensburg wegfahren müsste, um einigermaßen zeitgleich mit Knut am Titisee zu sein. Der verlegte sich am Telefon mittlerweile auf ein eher weinerliches Bitten.

„Komm schon, gib deinem Herz einen Ruck. Wir hätten endlich mal wieder ein bisschen Zeit miteinander und vielleicht verstehen sich unsere Frauen ja dann auch ein bisschen besser. Das wird bestimmt richtig schön, wir vier so gemeinsam."

Daran, dass die beiden Frauen sich verstehen würden, hatte er selbst allerdings leise Zweifel. Sie hatten sich während eines der Treffen der beiden Männer kennengelernt und waren einfach in ihrem ganzen Wesen viel zu unterschiedlich. Die stets fröhliche und quirlige Ulrike und die temperamentvolle und oft mürrische und eher bequeme Anita hatten einfach viel zu wenig gemeinsam. Aber sie konnten sich ja weitgehend aus dem Weg gehen. Knut war nur wichtig, dass sein Freund Kilian bei ihm war.

Und so flehte er nochmal: „Du sagst jetzt sofort ja, sonst sage ich Anita, dass DU daran schuld bist, dass ich nicht mitfahre. Und dann trifft ihr Zorn DICH, nicht mich."

Knut hätte gerne selbst daran geglaubt, was er da gerade gesagt hatte, befürchtete aber, dass sein Plan in der Hinsicht nicht wirklich aufgehen würde. Kilian schnaufte laut in den Hörer.

„Meine Herren, jetzt lass mich doch wenigstens erstmal kurz darüber nachdenken. Wann wäre das denn und wie kommt ihr da eigentlich hin?"

Er hörte Knut mit Papier rascheln. „Also, Abfahrt ist in vier Wochen. Und da Anita auch die An- und Abreise gewonnen hat fahren wir mit dem Zug von Dagebüll bis nach diesem Titisee. Und ja, das gibt eine fürchterlich anstrengende Tortur. Wir fahren nachts gegen eins los, müssen in Hamburg und in Freiburg umsteigen und sind dann offenbar erst gegen zwölf Uhr mittags dort. Scheinbar hat keiner dieser Preisausschreiben-Fuzzis daran gedacht, dass jemand aus dem hohen Norden gewinnen könnte. Die müssen jetzt alleine schon für die Fahrkarten ganz schön blechen."

Er schmiss sich fast weg vor lachen. Der Gedanken an die lange Zugfahrt zermürbte ihn allerdings jetzt schon. Kilian dachte nach. Stimmt, sie könnten ganz bequem mit dem Zug fahren. Ulrike und er hatten beide die BahnCard, das würde sich preislich bestimmt lohnen. Und sie waren in ihrer Freizeit sowieso weniger mit dem Auto als mit öffentlichen Verkehrsmitteln unterwegs.

Nun gut, er würde mit Ulrike reden und dann schauen, dass sie beide Urlaub bekämen. Da sie beide in verschiedenen Abteilungen arbeiteten, dürfte das eigentlich auch kein Problem darstellen. Ausserdem wäre das der erste Urlaub, den sie zusammen verbringen würden. Beim genaueren darüber Nachdenken fand Kilian Knuts Idee immer besser und freute sich nun regelrecht darauf, Ulrike heute Abend davon zu berichten.

„Also schön, du Quälgeist. Wenn Ulrike heute Abend einverstanden ist, kommen wir mit. Dann schreibe ich dir später noch eine Nachricht. Grüß mir dein Frauchen und freu dich jetzt mal gefälligst mit ihr, du alter Miesepeter."

Knut atmete am anderen Ende der Leitung hörbar auf.

„Oh Mann, du hast echt was gut bei mir. Jo, ich werde es ihr ausrichten. Danke du bayrisches Urviech, wir telefonieren die Tage nochmal."

Mit diesen Worten legte er schnell auf. Zum einen, um Kilians Kontra zu dem Urviech zu entgehen, zum anderen, um Anita jetzt irgendwie beizubringen, dass sie diese fünf Tage nicht nur zu zweit verbringen würden. Und er wusste jetzt schon, dass sich ihre darüber Begeisterung schwer in Grenzen halten würde.

Vier Wochen später, gegen halb zwei Uhr mittags stand eine äußerst schlecht gelaunte Anita und ein ziemlich erschöpfter Knut am Bahnsteig des Bahnhofes in dem kleinen Dorf Titisee und guckten ziemlich bedröppelt aus der Wäsche. Anita hatte offensichtlich eine Art Willkommens-Komitee erwartet, mit Sektempfang und Blaskapelle oder so ähnlich. Auf jeden Fall war sie sehr enttäuscht, dass das Hotel offenbar nicht mal einen Fahrer geschickt hatte, um sie als quasi „VIP" abzuholen. Genau genommen stand hier weit und breit nicht einmal ein Taxi. Dabei hatten sie auch noch, Dank Anita, reichlich Gepäck dabei. Zwei große Koffer, ein Beauty Case und ein beachtlicher Korb türmte sich zwischen ihnen auf. Dass Anita diesen Korb mitschleppen musste war Knut ohnehin ein völliges Rätsel. Sie hatte darauf bestanden, ihnen für die lange Fahrt einen Fresskorb zurecht zu machen. Von belegten Stullen über geschnittene Äpfel, bis hin zu kleinen Frikadellen, selbst gemachtem Kartoffelsalat nach dem Rezept von Anitas Oma, einer Thermoskanne Tee und Schokolade von der „Confiserie Föhr" war in dem Korb eigentlich alles, was dazu beitragen würde, sie auf der Fahrt nicht verhungern zu lassen. Allerdings war der Korb nun immer noch halbvoll und dementsprechend auch nicht wirklich viel leichter. Knut sah sich im Geiste heute Abend schon auf seinem Hotelbett sitzen und Kartoffelsalat mit einer Plastikgabel aus der Tupperschüssel futtern. Er drehte sich zu Anita um, die ihre Lippen zusammenkniffen und die Arme in die Hüfte gestemmt hatte. Sie stieß genervt Luft durch die Nase.

„Zeig mir mal deine Gewinn-Unterlagen, vielleicht steht da ja was drin, was uns weiterhilft."

Sie kramte in ihrer überdimensionalen Handtasche und überreichte Knut wortlos das Schreiben, das sie als Gewinnerin auswies. Sie war immer noch überhaupt nicht damit einverstanden, die nächsten fünf Tage mit diesem Bayer aus Flensburg und seiner ach so bezaubernden Freundin verbringen zu müssen. Knut hatte sie vor die vollendeten Tatsachen gestellt und Anita hatte zähneknirschend und sehr widerwillig klein beigegeben. Dabei hatte sie sich doch so sehr auf einen romantischen Urlaub mit ihrem Knut gefreut.

Sie war nie verheiratet gewesen, hatte hin und wieder die ein oder andere Männerbekanntschaft, aber bisher war nie etwas Ernsteres dabei. Mit Knut war das anders. Sie wusste natürlich, dass sie anstrengend sein konnte. Und sie wusste auch, dass es weitaus Schlankere und vor allem Hübschere gab als sie. Und trotzdem schien Knut sie zu mögen. Sie verbrachten Zeit miteinander, führten hin und wieder sogar recht angenehme Gespräche, aßen gemeinsam und verstanden sich gut im Bett. Knut schien das zu genügen und Anita war froh, nicht alleine sein zu müssen. Frauen wie Ulrike aber waren Anita schon immer ein Dorn im Auge. Sie spiegelte all das wider, was sie selbst gerne gewesen wäre. Sie war erfolgreich in ihrem Beruf, jünger als sie, sah wirklich gut aus und konnte ihr Umfeld mit ihrem Lachen und ihrer Art völlig in ihren Bann ziehen. Sie wusste, dass Knut Ulrike sehr mochte und offenbar auch schätzte. Sie, er und Kilian konnten sich über ihre Erfahrungen und Erlebnisse in ihren Berufen austauschen und hatten sich offensichtlich immer irgendetwas Spannendes oder Witziges zu erzählen. Während Anita selbst meist nur mit dem neuesten Föhrer Klatsch aufwarten konnte. Dementsprechend war ihre Laune als sie erfuhr, dass dieser Kilian samt seiner Ulrike mit von der Partie sein würden.

Knut hatte inzwischen den Zettel zweimal komplett durchgelesen. Er hatte eine Beschreibung gefunden, wie man vom Bahnhof bis zum Hotel kam und daraus geschlussfolgert, dass sie problemlos hinlaufen konnten. Laut Plan war das Hotel fußläufig in ungefähr zehn Minuten zu erreichen. Anita sah ihn völlig entsetzt an.

„Ich schlapp doch jetzt nicht mit dem ganzen Gepäck bis nach Hinterposemuckel, Hergottnochmal. Ich bin müde, mein Rücken tut weh von der langen Sitzerei und Kopfweh hab ich auch."

Wieder zog sie eine Schnute. Knut drückte ihr den Korb und ihr Beauty Case in die Hand und schnappte sich die beiden Koffer.

„Na komm, bei deinen Wehwehchen wird dir die Bewegung bestimmt sogar guttun. Und zehn Minuten sind ja nun wirklich nicht die Welt. Ausserdem soll das Hotel ja wohl direkt am See liegen, vielleicht können wir ja beim Hinlaufen gleich einen Blick darauf erhaschen."

Er versuchte, Anita durch seine Worte und Blicke aufzumuntern. Auch, wenn er sie gerade einmal mehr als ziemlich anstrengend und nervtötend empfand. Warum musste sie immer so dermaßen pessimistisch und schnell gereizt sein? Wieso konnte sie nicht einfach mal genießen, sich freuen und darauf einlassen, was um sie herum passierte? Ihm machten die paar Meter nichts aus, er lief gerne. Zuhause auf Föhr war er am allerliebsten zu Fuß unterwegs. Seine Exfrau Karin und er waren früher öfter zusammen Rad gefahren, sie hatten gemeinsam an den Wochenenden die ganze Insel umrundet, waren in Nieblum im „Kliff Café" eingekehrt, hatten sich im „Snupkroom" mit leckeren handgemachten Bonbons eingedeckt und im „Pitschis" am Südstrand mit Freunden getroffen. All das, all die schönen Erlebnisse und Ausflüge waren mit der Scheidung vorbei. Und mit Anita waren solche Unternehmungen für ihn kaum vorstellbar.

Sie verbrachte ihre Tage und Abende lieber auf der Couch, im Liegestuhl, am Fernseher oder kaffeetrinkend bei ihrer Freundin Hedwig. Wenn sie lief, dann nur von der Couch in die Küche, oder ins Schlafzimmer. „Spazierengehen ist etwas für alte Leute" sagte sie immer. Wenn Knut nicht gerade dienstlich mit seinem Assistent Claas Brockmeyer im Auto unterwegs war ging er lieber zu Fuß und ließ sich den frischen, oft kalten

Nordseewind um die Nase wehen. Und der fehlte ihm hier gerade ein wenig.

Anita stapfte stoisch neben ihm her, während die Rollen der beiden Hartschalen-Koffer über das Kopfsteinpflaster ratterten. Sie liefen schweigend die Straße hinunter und bogen dann laut Plan nach rechts ab in die „Seestraße".

Das Wetter war traumhaft schön, nicht zu warm, nicht zu kalt, die Sonne schien und der Himmel war blau, mit vereinzelt kleinen weißen Wölkchen. Knut atmete tief ein. Die Luft hier war ganz anders als daheim, irgendwie schwerer und auf eine seltsame Art und Weise würziger. Die Straße, die sie nun entlangliefen, war voll von Menschen jeglicher Couleur. Wo er hinsah kamen ihnen teils größeren Gruppen entgegen, dessen Sprache er nicht verstand. Die meisten wurden von einem Fahne- oder Regenschirmschwenkenden Landsmann angeführt, der lautstark über die landestypischen Gebräuche, Sitten und Souvenirs aufzuklären schien.

Fast jedes Haus schien ein Souvenir- oder Spezialitätengeschäft zu beherbergen. Die Touristen drängten sich durch die engen Gänge der Läden, um ein typisches Schwarzwälder Mitbringsel, wie etwa einen Bommelhut, Schwarzwälder Schinken, Käse oder eine Kuckucksuhr mit nach Hause zu nehmen. Sie kamen an einer Eisdiele vorbei und Knut leckte sich innerlich schon über die Lippen.

Er war ein echtes Schleckermäulchen und Süßem oder Eis nie abgeneigt. Leider wusste das Anita nur zu gut und verwöhnte ihn regelmäßig mit ihren himmlischen Backkünsten. Was zur Folge hatte, dass er für diesen Urlaub drei neue Hosen und vier neue Hemden gebraucht hatte, weil die Alten nur noch mit Mühe und Not zugingen. Und Anita sich geweigert hatte, ihn mitzunehmen, wenn er aussah wie eine Presswurst. Ein paar Schritte weiter kamen sie an einem Geschäft vorbei, bei dessen Namen Knut das Herz sperrangelweit aufging. Es hieß „Heimathafen". Bei genauerem Hinsehen handelte es sich um eine Art Eventlocation, jedenfalls standen unten am Seeufer Liegestühle und Stehtische. Oben im dazugehörigen Geschäft konnte man sich, laut Aushängeschild, wunderschöne Holzdekorationen personalisieren lassen. Und gleich dahinter offenbarte sich Anita und Knut zum ersten Mal die Schönheit des nun vor ihnen liegenden Titisees.

Knut bremste die Koffer ab und blieb stehen. Er wischte sich mit seinem Taschentuch über die Stirn und ließ seinen Blick über das relativ ruhige Wasser schweifen. Auf dem Wasser dümpelten kleine Boote, die vor ihm am Ufer lagen. Tretboote, Elektroboote, Ruderboote, kleine Jachten, Rundfahrtschiffe und runde orangene Gummibötchen, die wie kleine Donuts aussahen und offenbar als eine Art Partyboot fungierten. Jedenfalls stand das so auf einem der Schilder, die Knut gerade erspähte. Vielleicht wäre so eine kleine Bootstour mit Anita ja mal eine schöne Idee. Anita stöhnte:

„Wie weit ist es denn noch? Mir ist zu warm, der Korb ist schwer und meine Füße brennen."

Knut verwarf den Plan, Boot mit ihr fahren zu wollen, in diesem Moment sofort wieder. Wahrscheinlich würde sie ja sowieso nur wieder irgendwas zu meckern haben. Er schaute sich weiter um. Hinter ihm befand sich ein großes Restaurant, das mit einem wunderschönen Messingschild beworben wurde. Knut machte einige Schritte darauf zu und betrachtete es sich genauer. Es war kunstvoll gearbeitet, zeigte eine verschnörkelte Szenerie mit zwei Männern, die um einen Suppentopf herumstanden, darunter stand in goldenen Buchstaben „Bergsee". Das Schild war rundherum mit goldenen Ornamenten verziert. Ganz oben saß ein Männlein mit Zipfelkappe und Schlappen, weiter rechts sah man ein Mädchen an einem Tisch, das gerade von einem Kellner bedient wurde. Ganz unten hing ein grün-goldener Pfeil, auf dem „Restaurant" stand. Alles in allem erregte das Schild minutenlang Knuts Aufmerksamkeit, während Anita hinter ihm schon wieder leise brummelte. Er ließ sich davon zunächst nicht beeindrucken, sondern sah sich weiter um. Ein Stück weiter hinten erspähte er ein großes Gebäude.

„Da müssen wir glaube ich hin, das sieht aus, als wäre das unser Hotel. Also, auf geht's, die paar Meter wirst du ja wohl noch schaffen."

Er griff nach den beiden Koffern und klemmte sich noch zusätzlich Anitas Beauty Case unter den Arm, weil er ihr leidendes Gesicht gerade nicht ertrug. Was war das Ding aber auch so schwer?

„Verdammich nochmal, was schleppst du denn da auch alles mit?"

Anita blieb unbeeindruckt. „Alles was eine Frau nun mal braucht, um gut auszusehen. Aber davon hast DU ja eh keine Ahnung!"

Knut wären nun auf Anhieb einige Bemerkungen dazu eingefallen, unter anderem so etwas wie „warum benutzt du es dann nicht?". Aber er wollte im Moment jeglichen Streit vermeiden. Sie waren beide erschöpft und die nächsten Tage sollten nach Möglichkeit erholsam und schön werden. Nachdem sie noch einige Meter die Straße entlanggelaufen waren standen sie vor einem Hotel, dessen Name auch auf dem Gewinner-Schreiben zu lesen war.

„Na siehste, da sind wir doch schon."

Anita machte kurz „Pf" und begab sich dann zielstrebig Richtung Haupteingang. Knut hatte Mühe, ihr mit den beiden Koffern zu folgen. Drinnen an der Rezeption wurden sie von einer sehr freundlichen Dame empfangen.

„Hallo und herzlich willkommen am schönen Titisee. Wie kann ich Ihnen behilflich sein?"

Anita stellte ihren Korb ab, nahm die Schultern zurück und setzte einen leicht überheblichen Gesichtsausdruck auf. Dann ließ sie klar und deutlich vernehmen:

„Mein Name ist Anita Peters, ich bin die Gewinnerin der vier Übernachtungen in ihrem Hotel. Und bin doch mehr als erstaunt darüber, dass wir nicht wenigstens vom Bahnhof abgeholt wurden, sondern in dieser Bruthitze hierher LAUFEN mussten."

Angelika Tischenreuther, die leitende Rezeptionistin, war kurz zusammengezuckt und verzog leicht die Mundwinkel. Fast hätte sie laut gelacht, entschied sich dann aber für ein freundliches, unverbindliches Lächeln. Draußen waren es angenehme 22 Grad, von der sogenannten „Bruthitze" waren sie also noch ein ganzes Stück entfernt. Und Menschen, die sich so dermaßen wichtig nahmen, waren ihr sowieso ein Dorn im Auge. Das passierte ihr hier allerdings öfter. Offenbar dachten immer noch so manche, das abfällige Behandeln des Personals sei im Preis inbegriffen. Oder wie einer der Gäste, ein renommierter Professor aus München mal behauptet hatte: „Ich bezahle für den ganzen Klimbim hier, also werde ich gefälligst auch dementsprechend behandelt. Ich verlange Höflichkeit und Respekt für mein Geld!" Dass man sich beides für Geld allerdings nicht kaufen konnte schien sich leider in so einigen Gesellschaftsschichten noch nicht herumgesprochen zu haben.

Angelika war lange genug vom Fach, um Anita auf den ersten Blick richtig einschätzen zu können. Eine Hausfrau, die ihr Leben zwischen Heim, Herd, Klatsch und Tratsch fristete und deren einziges Highlight der monatliche Prosecco-Abend mit ihren Freundinnen zu sein schien. Dementsprechend nahm sie ihr auch ihre kleine Attitüde nicht übel, sondern nickte ihr nun sogar beifällig zu.

„Das ist ja großartig, da gratuliere ich Ihnen aufs Herzlichste. Und dass wir Sie nicht abgeholt haben tut mir sehr leid, uns steht leider kein hoteleigenes Taxi zur Verfügung. Hätten Sie uns Bescheid gegeben, dass Sie angekommen sind hätten wir uns aber natürlich sehr gerne um ein Taxi für Sie bemüht."

Knut bemerkte die winzig kleine Spitze in diesem Satz sofort, Anita natürlich nicht. Die war weitgehend versöhnt mit dieser Antwort und erlaubte der Rezeptionistin nun gnädig, nach dem ihnen zugewiesenen Zimmer zu sehen.

„So, da hätten wir für Sie und Ihren Mann Zimmer 205 im zweiten Stock. Frau Peters und Herr Hansen, richtig?"

Nun sah sie Knut zum ersten Mal bewusst an. Er schien nett zu sein, seine blauen Augen blickten offen und interessiert, sein Gesicht schien wettergegerbt, wie von Sonne und Wind gezeichnet und er strahlte eine ganz spezielle Attraktivität aus. Und er war leger und unaufdringlich gekleidet, ganz im Gegensatz zu seiner Partnerin.

Die trug eine mit Blumen übersäte Leggings und ein weites grün-rotes Oberteil, das in der Mitte von einem schmalen roten Gürtel zusammengehalten war. Ihr Wust von schwarzen Locken wurde von einem roten Haarband zurückgehalten und auf den Lippen trug sie einen ziemlich grellroten Lippenstift. Ihre Stimme war laut, recht quietschig und ein klein wenig aufdringlich. Alles in allem war sie eine Frau, die auffiel. Ob gut oder schlecht sei mal dahingestellt.

„Gott bewahre, das ist doch nicht mein Mann. Das wäre ja noch schöner!" tönte sie Angelika jetzt unaufgefordert entgegen.

Die ignorierte das geflissentlich und drückte Anita ein Kärtchen in die Hand.

„Hier drin befinden sich Ihre beiden Zimmerkarten. Ich würde Sie noch bitten, mir diesen Zettel auszufüllen. Mit der Angabe Ihrer E-Mail-Adresse schicken wir Ihnen noch unsere digitale Hochschwarzwald-Karte auf ihr Handy. Dort finden Sie, für die Dauer Ihres Aufenthaltes viele schöne Möglichkeiten für vergünstigte oder sogar kostenfreie Unternehmungen. Ich habe gerade gesehen, dass auch eine Wellnessbehandlung in unserem hoteleigenen Spa Teil Ihres Gewinns ist. Broschüren über die jeweiligen Behandlungen finden Sie in Ihrem Zimmer. Frühstück ist von 07:00 Uhr bis 10:30 Uhr in unserem Frühstücksraum hier vorne gleich rechts. Unser

Schwimmbad im Untergeschoss hat 24 Stunden rund um die Uhr geöffnet, Zutritt erhalten Sie mit Ihrer Schlüsselkarte über den Türöffner rechts oben neben der Tür. Im Schwimmbadbereich finden Sie auch die Sauna, die jeden Tag ab 17:00 Uhr eingeheizt wird. Sollten Sie noch irgendwelche Fragen haben stehen wir Ihnen gerne selbstverständlich jederzeit zur Verfügung. Wir freuen uns sehr, Sie als Gäste in unserem Haus begrüßen zu dürfen."

Sie lächelte freundlich Knut an und der hoffte auf der Stelle, dass Anita das nicht mitbekommen hatte. Die fühlte sich inzwischen aber so vorbildlich behandelt, dass sie gnädig lächelnd ihren großen Hintern schwenkend, mit ihrem Korb unterm Arm Richtung Fahrstuhl schwebte. Knut kniff kurz die Augen zusammen und lächelte Angelika Tischenreuther mit leicht verzogenen Mundwinkeln an.

„Tschuldigung, sie ist sonst nicht so. Aber die Reise war lang und anstrengend."

Er zuckte ganz leicht mit den Achseln. Angelika war sich sicher, dass diese Frau Peters auch sonst genauso war, wie sie sich hier eben präsentiert hatte. Schade eigentlich, warum hatten immer die netten und recht attraktiven Herren so eine Zimtzicke an ihrer Seite? Sie dachte kurz nach, bevor sie sich dem Telefon widmete, dass nun schon seit Minuten ohne Pause zu klingeln schien.

„Na du alter Fischkopp, wusste ich doch, dass ich die Stimme kenne. Seid ihr gut angekommen?" Knut, der gerade mit Anita vor den beiden Fahrstühlen stand und darauf wartete, dass ihn einer davon ins zweite Stockwerk beförderte, schoss herum und strahlte.

„Mensch Kilian, ihr seid ja schon da. Klasse!"

Er konnte seine Freude kaum verbergen, während er seinen Freund umarmte und ihm kräftig auf die Schulter klopfte. Das Anita hinter ihm für den Bruchteil einer Sekunde das Gesicht verzog sah er Gott sei Dank nicht.

„Hallo, schön dich zu sehen."

Ulrike war an Anita herangetreten und reichte ihr die Hand. Aus früheren Treffen konnte sie sich daran erinnern, dass es Knuts Freundin nicht wirklich mochte, umarmt zu werden. Ob jetzt nur nicht von ihr, oder auch von Andern das sei mal dahingestellt. Die scharfe Beobachtungsgabe, die ihr Beruf als Hauptkommissarin mit sich brachte, verriet ihr allerdings, dass Anita sich gerade erheblich Schöneres vorstellen konnte, als hier mit zwei weiteren Menschen zu stehen, die sie eigentlich nicht mal wirklich mochte. Dafür mochte Ulrike Knut sehr und drückte ihn jetzt fest an sich.

Anita bekam im Hintergrund einen hochroten Kopf.

„Ist das toll, dass ihr auch schon da seid, nicht wahr, Anita?" Knut drehte sich zu ihr um und legte ihr den Arm um die Schulter.

Anita kniff die Lippen zusammen und sagte lieber nichts. Knut wars egal, jetzt freute er sich tierisch auf die nächsten fünf Tage.

„Wie wäre es, wollen wir uns vielleicht gleich irgendwo auf einen Kaffee treffen? Ulrike und ich sind vor ungefähr einer Stunde angekommen und konnten glücklicherweise auch sofort einchecken. Ihr wollt euch doch bestimmt erst noch frisch machen nach der langen Anfahrt."

Auch Kilian hatte Anitas unzufriedenen Gesichtsausdruck bemerkt. Knut nickte.

„Ich könnte wahrhaftig eine Dusche vertragen. Sagen wir, in einer Stunde wieder hier an den Fahrstühlen? Welche Zimmernummer habt ihr denn?"

Kilian kramte sein Kärtchen aus der Hosentasche und warf einen Blick darauf. „Wir sind im zweiten Stock, Zimmer 208." Knut strahlte.

„Da können wir uns abends ja vom Balkon aus zuwinken. Wir sind in Zimmer 205."

In diesem Moment öffnete sich die Tür des linken Fahrstuhles und Kilian schob die beiden Koffer und Anita hinein und drückte auf die „2". Die Türen des verspiegelten Fahrstuhles schlossen sich und beförderte zwei sehr schweigsame Wyker in den zweiten Stock.

Als sie im Zimmer angekommen waren, öffnete Knut als allererstes die Tür zum Balkon und trat hinaus. Ach, war das ein herrlicher Ausblick. Die Sonne ließ den See direkt vor ihm hell glitzern, eine wunderbar grüne und sehr gepflegte Rasenfläche erstreckte sich über die gesamte Hotellänge vor ihm. Überall auf dem Rasen waren Liegen verteilt, es gab große Bäume, die Schatten spendeten und auf dem, an den Rasen grenzenden Kiesweg standen hie und da Holzbänke, auf denen man sich die Sonne ins Gesicht scheinen lassen konnte. Es gab ein überdimensional großes Schachspiel, an dem ein Vater gerade versuchte, seiner Tochter die Spielregeln zu erklären. Offenbar mit mäßigem Erfolg, Knut hörte das Mädchen, dass vielleicht gerade einmal dreizehn Jahre alt war, lautstark fluchen.

„Du kannst hier gleich ohne mich weiterspielen, ich habe auf den Blödsinn echt keinen Bock!"

Der Vater sah sich erschrocken um. Knut sah ihm an, dass ihm der Ausbruch seiner Tochter ein wenig peinlich war. Einen Augenblick lang dachte Knut über seine eigene Kinderlosigkeit nach.

Mit seiner Ex Karin hätte er gerne Kinder gehabt, jedenfalls zu Anfang seiner Ehe. Aber es hatte nicht sollen sein. Im Nachhinein war er fast ein wenig froh darüber. Er war schon immer ein eher freiheitsliebender Mensch gewesen. Und immer, wenn er solche Szenen beobachtete, war er erleichtert, dass ihm solche Zickereien erspart geblieben waren. Apropos Zickereien... Knut drehte sich ins Zimmer um, wo Anita sich auf das Bett geworfen hatte und an die Zimmerdecke starrte.

„He, mein kleiner Muffelkopf, komm doch mal hier raus und sieh dir das an. Es ist herrlich. Im Bett liegen kannst du doch auch daheim."

Anita drehte den Kopf zu ihm hin.

„Später, ich geh jetzt erst einmal unter die Dusche." Sprach`s, öffnete ihren Koffer, suchte nach frischen Klamotten und entschwand ohne ein weiteres Wort im Bad. Knut seufzte tief und schüttelte den Kopf. Dann ließ er sich auf einen der beiden Stühle auf dem Balkon fallen und hielt sein Gesicht in die mittägliche Sonne.

Kapitel 3 - alte Freunde

„Willkommen zurück Herr von Hohenfelde. Schön, Sie wieder in unserem Haus begrüßen zu dürfen."

Angelika Tischenreuther musste sich bei diesem Satz schwer auf die Zunge beißen. Sie kannte Dirk von Hohenfelde schon recht lange. Er war Außenhandelsvertreter für eine große Firma für Hotelbedarf in der Schweiz, die unter anderem auch dieses Hotel mit ihren Produkten wie Körperpflegeprodukten, Nähzeug, kleine Willkommenspräsente, Bademäntel oder Regenschirme belieferte.

Und dieser von Hohenfelde war der größte Mistkerl, den sie kannte. Nicht nur, dass er hier regelmäßig unter falschem Namen eincheckte (sie wusste, dass er in Wahrheit eigentlich Dirk Schmitz hieß, weil sie das in seinem Firmenausweis gesehen hatte). Nein, er behandelte alle Menschen in seinem Umfeld wie den allerletzten Dreck. Sogar diese bildhübsche Frau, die immer zeitgleich mit ihm hier war, wenn er sich wieder für zwei Nächte einquartierte. Sie nannte sich Jaqueline Koschinski, aber Angelika war sich sicher, dass auch das nicht ihr richtiger Name war. Sie war sichtbar jünger als ihr Begleiter, höchstens Anfang dreißig. Während dieser Schmitz, alias von Hohenfelde schon 48 Jahre alt war. Während er noch seine Anmeldeformulare ausfüllte, hatte Jaqueline schon vor einer halben Stunde eingecheckt und wartete im Zimmer auf ihn. In der Zwischenzeit, während Schmitz noch schrieb, widmete sich Angelika Tischenreuther dem nächsten Gast, der geduldig mit seinem Koffer in der Hand hinter Dirk Schmitz gewartet hatte.

„Guten Tag, kann ich Ihnen weiterhelfen?"

Er wirkte leicht eingeschüchtert und verunsichert, hatte die Schultern hochgezogen und die Augen gesenkt.

„Hallo, mein Name ist Olaf Kuhn. Meine Tante Frau Adelheid Ansbacher hat hier bei Ihnen einige Zimmer reserviert wegen ihres Geburtstages morgen."

Während Angelika noch auf ihrem PC herumtippte, stutzte Dirk Schmitz. Die Stimme, und vor allem auch den Namen kannte er doch irgendwoher. Er drehte sich zu dem Mann um.

„Ja Mensch Olaf, das ist ja schon Ewigkeiten her. Wo kommst du denn auf einmal her?" Olaf Kuhn zuckte kurz zusammen, dann verzog er die Mundwinkel zu einem Lächeln.

„Ach guck an, der Dirk Schmitz. Stimmt, das ist schon ne ganze Weile her, dass wir uns das letzte Mal gesehen haben. Wie geht's dir denn so?"

Freundlich lächeln, nicht zeigen, was in einem vorging… das war etwas, was Olaf die letzten Jahre über perfektioniert hatte. Niemand, aber auch wirklich niemand sollte sehen und wissen, was in ihm vorging. Am allerwenigsten der Mann, der hier gerade sehr überraschend vor ihm stand. Was würde er wohl jetzt wieder für Dreck am Stecken haben, dass er hier unter falschem Namen einchecken musste? Olaf hatte mitbekommen, dass die Rezeptionistin ihn mit „Herr von Hohenfelde" angesprochen hatte. Dirk warf nun seinen ausgefüllten Zettel achtlos über den Tresen. Angelika reichte ihm wortlos seine Zimmerkarte und wandte sich dann wieder Olaf Kuhn zu.

„Herr Kuhn, hier ist ihr Zimmerschlüssel, erster Stock, Zimmernummer 124. Ich wünsche Ihnen einen angenehmen Aufenthalt und viel Vergnügen bei Ihrer Familienfeier."

Sie lächelte ihn warmherzig an. Olaf nickte dankbar zurück, dann nahm ihn Dirk sofort wieder in Beschlag.

„Lass uns doch heute Abend mal einen trinken gehen, hier in der Hotelbar. Auf alte Zeiten. Wie wäre es?"

Olaf hatte eigentlich überhaupt keine Lust, den Abend mit diesem arroganten Großmaul zu verbringen. Aber alleine auf seinem Zimmer sitzen wollte er auch nicht unbedingt. Also warum eigentlich nicht? Schlimmer als vor zwölf Jahren konnte es ja nicht werden.

„Du, ich muss jetzt los, ich werde erwartet." Er zwinkerte und lachte fett.

„Sagen wir um neun in der Hotelbar? Ich würde mich echt freuen, alter Kumpel."

Er tätschelte ihm den Oberarm, stieg in den Fahrstuhl und fuhr nach oben in den vierten Stock, wo seine Jaqueline hoffentlich schon in heissen Dessous auf ihn wartete.

Olaf nahm seinen kleinen Koffer und lief durch das Treppenhaus in den ersten Stock. Er öffnete die Tür zu seinem Zimmer und sah sich um. Ein hölzerner Schrank, ein gemütlich aussehendes Bett, zwei Sessel, ein kleiner Tisch, ein Schreibtisch und eine Stehlampe rundeten das Interieur ab. Das Bad war klein, aber sehr sauber. Und auf alle Fälle sehr viel schicker als sein Bad in Breisach, wo er wohnte.

Er fühlte sich sofort wohl. In seinem Leben gab es keinen großen Luxus. Seine Einrichtung war schlicht, es gab in seiner Wohnung nichts, womit er irgendjemanden hätte beeindrucken können. Am allerwenigsten eine Frau. Für ihn genügte es, er hatte für sein Leben keine hohen Ansprüche mehr. Seine Tante wohnte in Freiburg und hatte die kostspielige Idee gehabt, einen Teil der Verwandtschaft zu ihrem 80. Geburtstag für zwei Nächte in dieses Hotel direkt am Titisee einzuladen. Gut, an Geld mangelte es der alten Dame nicht. Von dem, was sie alleine an Witwenrente von ihren zwei verstorbenen Männern bezog, hätte Olaf bestimmt drei Monate richtig gut leben können.

Sein Leben war eher karg, große Sprünge konnte er mit seinem Bürgergeld sowieso nicht machen. Eigentlich freute er sich auf diese zwei Tage. Er konnte sich ein wenig entspannen, seinen eintönigen Alltag vergessen und hatte vor allem die Möglichkeit, sich endlich einmal so richtig satt zu essen.

Adelheid Ansbacher war die Schwester seiner längst verstorbenen Mutter und erfreute sich, sehr zum Ärger ihrer potentiellen Erben, bester Gesundheit. Hätte sie gewusst, wie schlecht es Olaf finanziell geht hätte sie ihm bestimmt hin und wieder gerne unter die Arme gegriffen. Aber Olaf schämte sich viel zu sehr, um irgendjemandem zu erzählen, wie es um ihn stand. Er legte seinen Koffer aufs Bett und öffnete ihn. Zur Feier des morgigen Geburtstages hatte er sich von seinem letzten Geld ein schickes Hemd und eine Krawatte gekauft. Er wollte unbedingt einen guten Eindruck bei der gesamten buckeligen Verwandtschaft hinterlassen. Für heute Abend allerdings genügte ein einfaches T-Shirt. Diesem Dirk musste er bestimmt nichts vormachen.

Olaf sah auf die Uhr. Es war jetzt halb fünf, Abendessen gab es um 18:00 Uhr. Also würde er sich noch ein halbes Stündchen aufs Ohr hauen, danach duschen gehen und dann mal sehen, was der Abend noch so bringen würde.

„Ich kann das nicht mehr, Dirk! Ich glaube, mein Mann schöpft so langsam Verdacht. Und außerdem wird mir die Fahrerei einmal im Monat echt zu viel."

Sie sah ihn abwartend und prüfend an. Dirk Schmitz war auf den ersten Blick ein sehr beeindruckender Mann. Groß, kräftig gebaut, mit männlich-markanten Gesichtszügen, gutsitzenden und vor allem teuren Anzügen und mit einer stets gestylten Frisur. Wenn er wollte, wickelte er alles und jeden um ihn herum mit seinem Charme um den Finger. Er konnte unglaublich witzig und sogar recht einfühlsam sein. Sein lautes Lachen war, wenn man ihn gerade erst kennengelernt hatte, ansteckend. Wenn man ihn dann länger kannte wurde es allerdings irgendwann anstrengend.

Wenn ihm aber etwas oder jemand nicht in den Kram oder in sein Konzept passte, konnte er sehr schnell ekelhaft, gemein und ausfallend werden. Jaqueline hatte ihn auf eine der Firmenfeiern ihres Mannes kennengelernt und fand ihn sofort interessant und körperlich sehr anziehend. Und auch Dirk war sofort Feuer und Flamme für diese traumhaft schöne Blondine mit den langen Beinen, dem Schmollmund und den großen, wenn auch künstlichen Brüsten. Er ließ an diesem Abend seinen ganzen berüchtigten Charme spielen und schon eine Woche später waren sie zum ersten Mal im Bett gelandet. Das Jaqueline, genannt Jacky, die Frau seines

Chefs war interessierte ihn dabei herzlich wenig. Die Firma hatte ihren Sitz in Zürich, wo auch Jaqueline und ihr Mann Roberto Sutter lebten. Roberto war mit dem Vertrieb von Hotelbedarf sehr reich geworden und verwöhnte seine junge Frau mit jedem erdenklichen Luxus. Außer mit gemeinsamer Zeit.

Jaqueline stammte gebürtig aus dem Pott, war eine geborene Koschinski. Mit 26 Jahren lernte sie den damals schon sehr wohlhabenden und gutaussehenden Geschäftsmann Roberto Sutter auf einer Messe in Bochum kennen, auf der sie als Hostess arbeitete. Er umwarb und vergötterte sie regelrecht. Ein halbes Jahr später zog sie zu ihm nach Zürich und wurde seine Ehefrau. Als sie sich auf dem Einwohnermeldeamt ummelden wollte, lernte sie Chantal kennen. Die arbeitete dort als Verwaltungsfachangestellte. Als sie Jaquelines Ausweis in den Händen hielt, musste sie so laut lachen, dass Jaqueline für einen Moment völlig verstört war.

„Gibt's ein Problem?" fragte sie völlig verdattert. Chantal schlug sich die Hand vor den Mund.

„Oh nein, entschuldigen Sie bitte. Es tut mir leid, dass ich gerade so die Beherrschung verloren habe. Aber könnte es sein, dass sie eine Oma haben, die Gertrud heißt?"

Jetzt war Jaqueline völlig durcheinander. „Ja, habe ich. Aber wie in aller Welt kommen Sie denn jetzt darauf?"

Chantal wischte sich mit einem Taschentuch die Lachtränen von den Wangen. Dann stand sie auf und stellte sich vor Jaqueline.

„Nun, ihrem Ausweis habe ich entnommen, dass Sie den äußerst klangvollen Namen Jaqueline-Gertrud Ihr Eigen nennen. Und nur, wer eine wirklich tolle Oma hat, verdient es ihren Namen als Zweitnamen tragen zu dürfen. Darf ich mich vorstellen? Mein Name ist Chantal-Ilse."

Seit diesem Moment waren sie die allerbesten Freundinnen und lachten noch heute manchmal über den Moment ihrer ersten Begegnung. Chantal wusste einfach alles über Jacky. Sie verstand, dass sich ihre Freundin nach dieser ganz besonderen Art von Liebe und Romantik sehnte, wie sie oft in Jackys so heißgeliebten Liebesromanen beschrieben wurde. Ihr Mann Roberto war viel unterwegs und hatte kaum Zeit für sie und ihre Bedürfnisse.

Sie bekam zwar alles, was sie wollte und sich wünschte. Nur den Wunsch nach mehr gemeinsamer Zeit konnte er ihr nicht erfüllen. Als sie Dirk kennenlernte, hatte sie anfangs noch die Hoffnung, dass sie bei ihm genau das finden würde, was sie suchte und brauchte. Aber schnell musste sie feststellen, dass dieser charismatische Mann schlicht und ergreifend einfach nur mit ihr ins Bett wollte und ihm der Rest ihres überaus facettenreichen Gefühlslebens im Grunde völlig egal war. Er war bei genauerem Hinsehen sogar ein absoluter Vollidiot.

Sie hatten das letzte Dreiviertel Jahr eine Affäre und trafen sich einmal im Monat hier in diesem 4-Sterne Hotel am Titisee. Ihrem Mann erzählte sie jedesmal, sie wäre dort auf einem „Mädels-Wochenende" mit ihrer Freundin Chantal. Er glaubte es ihr nur zu gerne, immerhin konnte er sich dann in Ruhe und ohne schlechtem Gewissen seinen Geschäften widmen. Als sie nun für dieses anstehende Wochenende die Koffer packte, benahm er sich allerdings ein wenig merkwürdig. Er fragte nach, wann sie wiederkäme und was sie eigentlich dort an diesen Wochenenden mit Chantal immer so machen würde. Fast so, als wäre er skeptisch oder misstrauisch. Jacky drückte ihm einen Kuss auf die Wange.

„Ach Darling, du weißt doch, wie wir Frauen so sind. Viel Wellness, dass ein oder andere Glas Champagner, viel Gekicher und Gegacker und „Mädchengespräche".

Sie lachte ein wenig zu schrill, während sie sich hastig eine ihrer blonden langen Haarsträhnen hinters Ohr strich. Jetzt nur keinen Verdacht aufkommen lassen, immerhin hatte sie sich vorgenommen, dass es das letzte Wochenende mit Dirk werden sollte.

„Du hast doch sowieso keine Zeit für mich, also gönn mir doch diese kleine Abwechslung. Ich sitz doch sonst hier eh nur völlig nutzlos in der Gegend herum."

Sie verzog spielerisch schmollend die Unterlippe und Roberto hatte sofort ein schlechtes Gewissen. Sie hatte ja recht, er war viel zu viel unterwegs, seine Geschäfte nahmen ihn oftmals völlig in Anspruch. Er hatte Jacky zwar hin und wieder vorgeschlagen, sie solle sich doch eine Beschäftigung suchen, vielleicht eine Art Ehrenamt oder eine caritative Arbeit. Aber dafür schien die junge Frau nicht geschaffen zu sein. Sie verbrachte ihre Tage offenbar lieber damit, spazieren zu gehen oder sich durch die teueren Boutiquen der Zürcher „Bahnhofstraße" zu wühlen. Die Straße zählt zu den teuersten der Welt, und Jacky genoss das bunte und kostspielige Treiben dort, die edlen Geschäfte und das ganz besondere Flair. Sie war stets perfekt und meist sehr sexy gekleidet.

Bei offiziellen Anlässen, Empfängen oder Partys war sie meistens der optische Mittelpunkt und das schönste Aushängeschild ihres Mannes. Die Männer warfen ihr heimlich begehrliche Blicke hinterher und die Frauen waren oft zerfressen von Neid. Man tuschelte, dass die blonde Schönheit aus Deutschland ohnedies nur des Geldes wegen mit dem wesentlich älteren Geschäftsmann verheiratet war.

Das Jaqueline in Wirklichkeit eine abgeschlossene Berufsausbildung als Bibliothekarin hatte und für ihr Leben gerne las wussten nur die Wenigsten. Sie interessierte sich sehr für Kunst, besuchte gerne Vernissagen und

Ausstellungen und zog Bücher und Bilder jeglicher Art von Kommunikation mit oberflächlichen Menschen vor. Und schon alleine deshalb wurde ihr die Beziehung zu Dirk zu viel. Genau genommen wäre sie am liebsten zuhause geblieben. Dieses Mal fuhr sie mit einem sehr unguten Gefühl an den Titisee.

Aber sie wollte ihm in aller Ruhe und vor allem persönlich erklären, warum sie das alles, und vor allem ihn nicht mehr wollte. Und das machte man nun mal nicht am Telefon oder per SMS. Sie saß ihm nun also gegenüber und wartete auf seine Reaktion. Er war vorhin zur Tür reingekommen und hatte sofort getönt:

„Na Schneckchen, was ist denn los? Du bist ja noch gar nicht nackt für deinen Lieblingsstecher."

Und sie hätte ihm bei diesem Satz am liebsten auf der Stelle eine Ohrfeige verpasst. Sie war so angewidert von seinen dummen Anzüglichkeiten und seiner Großkotzigkeit, dass sie sich nicht mal mehr ansatzweise vorstellen konnte, noch einmal mit ihm ins Bett zu steigen.

„Was heißt, du kannst das nicht mehr? Findest du nicht auch, das kommt jetzt etwas plötzlich? Immerhin hast du mir gestern am Telefon noch beteuert, wie sehr du dich auf mich und unsere gemeinsamen „Aktivitäten" freust."

Er war sichtlich angefressen und wirkte gleichzeitig ein wenig irritiert. Mit ihm hatte noch keine Frau Schluss gemacht. Wenn, dann war ER es, der sich seine zahlreichen Affären und Liebschaften wieder vom Hals geschafft hatte, notfalls sogar mit einem kleinen Obolus. Dass er im Außenhandel tätig war, hatte ihm schon einige wirklich heiße Schäferstündchen ermöglicht, ohne dass seine Frau Susanne daheim in Stuttgart, das jemals mitbekommen hätte.

Er wurde auch nicht müde Jacky gegenüber zu betonen, dass er selten so ein heißes Gerät wie sie im Bett gehabt hatte.

„Also ich finde ja, wir beide passen hervorragend zusammen und sollten das unbedingt fortführen." Lüstern sah er sie an und befingerte ihre Beine, die sie übereinandergeschlagen hatte.

Der Rock, den sie trug, ließ viel Platz für gedanklichen Spielraum und regte seine Phantasie aufs Äußerste an.

„Ich wäre dafür, dass wir unsere zwei Tage jetzt noch voll und ganz ausnutzen. Und dann kannst du immer noch entscheiden, ob du dir das in Zukunft entgehen lassen willst." Selbstgefällig sah er sie an.

In ihr entstand eine leichte Übelkeit. Am liebsten wäre sie geflüchtet und zurück nach Zürich zu ihrem Mann gefahren. Aber sie wollte das hier nach Möglichkeit „im Guten" beenden und würde die nächsten zwei Tage einfach noch einmal in den sauren Apfel beißen. Dirk schien fast schon wieder vergessen zu haben, dass sie eigentlich gerade mit ihm

Schluss gemacht hatte. Er befummelte weiterhin ihre Beine und leckte sich über die Lippen.

„Weißt du was? Wir beide drehen jetzt noch eine schöne Runde durchs Bettchen, dann machst du dich schick und wir gehen runter ins Restaurant zum Essen."

Sie stöhnte innerlich kurz auf, dann begann sie, ihre Bluse aufzuknöpfen.

„Wenn dieses Gör jetzt nicht sofort seine vorlaute und dumme Klappe hält, vergesse ich meine guten Manieren. Nicht einmal in Ruhe essen kann man in diesem Saftladen!"

Dirk grollte so dermaßen laut, dass die Menschen, die um ihn herumsaßen, erschrocken zusammenzuckten. Der kleine Junge, er mochte ungefähr fünf Jahre alt sein, flitzte gerade wieder am Tisch von Jacky und Dirk vorbei und rief lautstark nach seiner älteren Schwester, die mit ihren Eltern zusammen ein paar Tische weiter hinten saß.

„Nicky, komm schnell, das musst du dir unbedingt ansehen!"

Er hatte den kleinen Hund von Gerlinde und Konrad Bartels entdeckt, die mit ihm draußen an der Bar saßen und zu Abend aßen. Die Eltern, die Dirks Zorn bis zu ihrem Tisch gehört hatten senkten beschämt den Kopf und versuchten, ihren kleinen Sprössling möglichst unauffällig an den Tisch zurückzuholen.

„Cedric, du kommst jetzt sofort hierher. Du störst die anderen Gäste beim Essen."

Sie nickten den Umsitzenden zu und baten um stilles Verständnis. Cedric aber blieb kurz hinter dem Tisch von Dirk stehen und rief noch einmal ziemlich deutlich nach seiner Schwester.

„Nicky, jetzt komm doch. Der Hund ist sooo süß. Den musst du sehen, biiiiiitte."

Dirk stand auf, zog wütend die Augenbrauen zusammen und machte ein paar Schritte auf den Kleinen zu. Sofort sprang Hildegard Lüttenrieder auf, die am Nebentisch saß. Sie war mit ihrer 15jährigen Enkelin Mia für eine Woche hier auf Urlaub und beide genossen diese gemeinsame Zeit sehr. Hildegard war pensionierte Grundschullehrerin und hatte ihren Beruf und die Kinder immer sehr geliebt. Wenn einem Kind Unrecht getan wurde, konnte sie nicht anders und musste eingreifen.

„Sie werden sich jetzt sofort wieder hinsetzen und den Kleinen in Ruhe lassen. Er ist doch noch ein Kind. Ein kleines bisschen mehr Verständnis könnten Sie schon an den

Tag legen. Es ist doch immer wieder so schön zu sehen, wie Kinder sich noch über Kleinigkeiten freuen können, finden Sie nicht?"

Sie lächelte Dirk Schmitz an und erwartete, dass dieser ihr nun vielleicht doch zustimmte. Der allerdings funkelte sie mit zu Schlitzen verengten Augen an.

„Was willst du denn von mir, du alte Schachtel? Hab ich dich gerade irgendwie nach deiner Meinung gefragt? Setz dich wieder hin und kümmere dich um deinen Kram!"

Heinz Erdmann, der Hildegard und Mia am Tisch gegenübersaß und schon die ganze Zeit ein Auge auf die aparte ältere Dame geworfen hatte, bekam Schnappatmung und erhob sich, wenn auch etwas schwerfällig. Sein Rheuma machte ihm zu schaffen, er wollte sich aber nichts anmerken lassen, sondern mimte den todesmutigen Helden. Er baute sich vor Dirk auf und versuchte, durch Recken seines Halses ungefähr auf gleiche Höhe mit seinem Gegenüber zu kommen.

„Sie werden sich sofort bei der Dame entschuldigen, Sie ausgemachter Flegel."

Dirk schaute auf ihn herab und verzog spöttisch die Mundwinkel.

„Was willst du denn, du abgebrochenes Männlein? Noch entscheide ich selbst, was ich mache oder sage, dass das mal klar ist."

Er schaute herausfordernd in die Runde. Ganz hinten, im angrenzenden Nebenraum saß Adelheid Ansbacher mit ihren Gästen. Es waren insgesamt acht Menschen, die morgen hier mit ihr ihren 80. Geburtstag feiern würden. Und allesamt waren sie entsetzt über den ungehobelten und unverschämten Ton dieses Mannes, der sich da draußen im Restaurant offenbar gerade mit allen anzulegen versuchte. Olaf saß am Tischende und hatte Dirks Ausbruch natürlich mitbekommen. Am Tisch entbrannte eine hitzige Diskussion, vor allem Adelheid war entrüstet über das Verhalten der „jungen Leute heutzutage". Olaf legte seine Unterarme auf den Tisch und sah seine Tante überlegend an.

„Mach dir nichts draus Tantchen, der war schon immer so. Den kenne ich von früher."

Adelheid sah ihn erstaunt an. „Woher kennt ihr euch denn?"

Olaf dachte einen Moment lang nach. Dann beschloss er, einfach nicht näher auf die Frage einzugehen.

„Ach weißt du, manchmal macht man im Leben Fehler. Das erkennt man irgendwann und macht sie dann im besten Fall nicht noch einmal. Die Freundschaft zu Dirk war so ein Fehler. Aber egal, er war schon immer ein Idiot, das hat sich ja wohl offensichtlich in den letzten 12 Jahren auch nicht geändert."

Er hob die Handflächen resigniert nach außen und bestellte noch ein Bier bei der hübschen, jungen Kellnerin.

Draußen im eigentlichen Restaurant nahm das ganze nun Fahrt auf. Hildegard Lüttenrieder bezeichnete Dirk als „niveaulosen und ungehobelten Schuft", Heinz Erdmann sprang ihr hilfreich zur Seite und warf ein „unverschämter und respektloser Widerling, ich habe gerade die Restaurantleitung rufen lassen!" hinterher.

Wobei ihm dabei selbst nicht ganz so wohl war, immerhin war Dirk Schmitz fast einen Kopf größer als er und er hatte insgeheim ein wenig Angst vor dessen Reaktion. Aber Heinz wollte Hildegard gegenüber heldenhaft und mutig wirken. Und ihrem bewundernden Blick zufolge hatte er genau das auch geschafft. Die Restaurantleitung Vroni Sassmann kam hinzu und versuchte, sich einen Überblick zu verschaffen. Sie war eine sehr taffe Person, die unverschämten und sehr lauten Hotelgästen in kürzester Zeit den Wind aus den Segeln nehmen konnte.

„Ich bitte Sie, sich wieder an ihre jeweiligen Tische zu begeben. Wir möchten doch alle zusammen einen schönen und entspannten Abend bei gutem Essen verbringen und uns nicht durch kindische Streitereien die Stimmung versauen lassen, nicht wahr?"

Sie bugsierte Heinz, der mittlerweile einen hochroten Kopf vor Aufregung hatte, zurück zu seinem Tisch und bat Hildegard mit einer Handbewegung Platz zu nehmen. Dann wandte sie sich an Dirk, der immer noch mit zusammengeballten Fäusten mitten im Raum stand. Er war hier im Hotel bekannt, ein durch und durch unangenehmer Zeitgenosse.

„Herr von Hohenfelde, ich muss Sie doch bitten zu akzeptieren, dass unser Haus sehr kinderfreundlich ist und wir unsere kleinen Gäste sehr zu schätzen wissen. Und dann kommt es nun mal auch hin und wieder vor, dass es ein klein wenig lauter werden kann. Ich bitte Sie, nehmen Sie wieder Platz und lassen Sie sich ihr Essen schmecken."

Mit diesen Worten nickte sie noch einmal in die Runde und ging zurück in die Küche. Dirk Schmitz zischte derweil in Heinz Richtung:

„Das hast du nicht umsonst gemacht, alter Mann." Heinz Herz klopfte wie wild, er hätte es zwar niemals zugegeben, schon gar nicht Hildegard gegenüber. Aber tief in seinem Innersten war ihm unwohl und er hatte Angst. Hildegard kam mit ihrer Enkelin an den Tisch und setzte sich zu ihm.

„Das haben Sie ganz großartig gemacht. Danke, dass Sie mich beschützen wollten."

Heinz lief rosarot an und lächelte zaghaft. Dirk hatte sich in der Zwischenzeit ein neues Glas Wein bestellt. Jacky wäre am liebsten in den Erdboden versunken.

„Musst du dich immer so schamlos benehmen? Du bist wirklich das Allerletzte."

Dirk zuckte nur mit den Schultern. Es juckte ihn gerade herzlich wenig, was Jacky über ihn dachte. Er fühlte sich im Recht, alles andere war ihm vollkommen egal.

„Die alte Schabracke und dieser kleine abgebrochene Zwerg sollen mir einfach nicht auf den Sack gehen. Und dieses Balg schon dreimal nicht."

Jacky schüttelte den Kopf und verdrehte die Augen, sagte aber nichts mehr dazu. Dirk kramte zwei Tabletten aus seiner Hosentasche, drückte sie aus dem Blister und spülte sie mit einem kräftigen Schluck Rotwein hinunter.

„Was nimmst du da?" Jacky hatte das Ganze ein wenig argwöhnisch beobachtet. Dirk setzte sein Glas an und leerte es bis auf den letzten Tropfen. Dann winkte er der Bedienung.

„Ich habe rasende Kopfschmerzen. Da ich mich aber später noch mit einem alten Kumpel an der Bar treffen will kann ich das grad nicht gebrauchen. Ach, und meine Blutdrucktabletten muss ich nachher auch noch nehmen. Da könntest du mich oben im Zimmer mal dran erinnern, Süße!"
Jaquelines ganzer Körper spannte sich an.

„So, der Herr verbringt also den Abend lieber an der Bar. Auch gut, dann hab ich wenigstens meine Ruhe. Und morgen nach dem Frühstück reise ich ab."
Dirk sah sie spöttisch grinsend an.

„Erstens bleibe ich nicht lange, zweitens haben wir für zwei Nächte gebucht. Und die wirst du hier mit mir verbringen. Ansonsten erfährt dein Roberto nämlich ganz schnell, dass deine Freundin Chantal noch nie mit dir hier gewesen ist, sondern du diese Wochenenden immer mit mir verbracht hast."

Er lachte dreckig. Jacky ballte innerlich die Fäuste und wünscht ihm augenblicklich die Pest an den Hals. Gleichzeitig raste ihr Herz wie wild. Roberto durfte niemals erfahren, dass sie die letzten neunmal immer mit einem seiner Angestellten hier war. Sie biss sich auf die Lippen und schwieg. Am Tisch nebenan saß eine junge sehr attraktive Brünette, die Dirk schon die ganze Zeit mit unverhohlener Abscheu beobachtet hatte.

„Na Süße, so ganz alleine hier? Hast du Lust den Abend heute mit mir und meiner Freundin zu verbringen? Uns drei fällt bestimmt etwas richtig Tolles ein."

Er leckte sich über die Lippen. Konstanze Meyer riss die Augen auf.

„Sind Sie eigentlich noch ganz bei Trost? Was fällt Ihnen ein? Ich würde niemals für so einen Unmenschen wie Sie meine wertvolle Zeit verschwenden. Männer wie Sie sind der Grund, warum ich auf Frauen stehe."

Dirk war für einen Moment völlig sprachlos. Dann blaffte er sie an.

„Tussen wie dich brauche ich nicht, du frigide Fregatte. Wenn du einmal einen richtigen Mann wie mich in deinem Bett hättest würde dir deine völlig verblödete Einstellung schon vergehen."

Die junge Frau wurde rot vor unterdrücktem Zorn. Sie holte ein kleines Buch aus der Tasche und notierte sich etwas darin. Dann sah sie ihn abfällig an.

„Sie verdienen es nicht, die gleiche Luft zu atmen wie ich." Sie erhob sich. „Aber eines kann ich Ihnen hiermit versprechen: Das wird Ihnen noch leidtun."

Sie machte blitzschnell ein Foto von ihm mit ihrem Handy und verließ dann fast fluchtartig das Restaurant. Dirk sah ihr mit gerunzelter Stirn hinterher.

„Saublödes Weibsbild. Lesbische Feministinnen sind echt immer noch die Schlimmsten."

Die junge Bedienung brachte den Rotwein und machte eine ungeschickte Bewegung, als sie ihn vom Tablett nehmen wollte. Der gesamte Wein ergoss sich über den Tisch und über Dirks Hose.

„Du ungeschickter, völlig verblödeter Trampel, was fällt dir eigentlich ein? Wenn du zu dumm bist, ein Glas Wein zu tragen dann hast du definitiv den falschen Beruf. Blöde Gans!"

Er war völlig außer sich aufgesprungen und herrschte das Mädchen so dermaßen an, dass dieses sofort in Tränen ausbrach und ständig leise „I am so sorry" stammelte. Dirk war kaum zu beruhigen.

„Jetzt heult das dumme Ding auch noch, wessen Hose ist denn nun vollkommen versaut? Ich stinke wie ein billiger Alkoholiker und muss mich jetzt wegen dir umziehen. Du bist noch genauso blöd wie beim letzten Mal!"

Jacky versuchte völlig sinnlos, ihn zu beruhigen. Vroni Sassmann stand plötzlich wieder hinter ihm und sah ihm fest in die Augen.

„Herr von Hohenfelde, da sich die anderen Gäste nun doch sehr gestört fühlen möchte Sie darum bitten, den Speisesaal für heute Abend zu verlassen. Wir lassen Ihnen Ihr Essen gerne aufs Zimmer servieren. Und selbstverständlich kommen wir auch für die Kosten der Reinigung ihrer Hose auf. Des Weiteren mache ich Sie darauf aufmerksam, dass wir es uns verbitten, dass so mit unserem Personal umgegangen wird. Maria hat sich bei Ihnen entschuldigt und damit sollte es genügen!"

Die Restaurantleiterin wirkte so resolut und energisch, dass Dirk im ersten Moment nur noch nach Luft schnappen konnte. Dann zog er Jacky am Ärmel mit sich.

„Komm Süße, wir gehen. Das wird ein Nachspiel haben, das kann ich Ihnen versprechen. Sie schicken uns schleunigst eine Flasche Champagner aufs Zimmer, sozusagen als Entschädigung. Und das Essen will ich zügig, sonst muss ich mal das ein oder andere Wörtchen mit ihrem Hoteldirektor reden."

Mit diesen Sätzen rauschte er ab, eine ziemlich verzweifelt wirkende Jaqueline im Schlepptau. Als er den Speisesaal verlassen hatte, fingen die restlichen Gäste an, zu applaudieren. Ganz hinten im Eck saß eine Frau in Begleitung eines Mannes, die die ganze Szenerie schweigend und kommentarlos beobachtet hatte. Sie schlug kurz die Augen nieder, während der Mann neben ihr ihr beruhigend die Hand tätschelte.

Vroni hob beschwichtigend die Hände und wandte sich dann ihrer jungen Bedienung zu, die immer noch völlig neben sich stand. Wobei mittlerweile deren anfänglicher Schreck blanker Wut gewichen war. Leise fluchte sie „let the devil take you, you miserable bastard!" Vroni Sassmann schüttelte den Kopf, legte den Zeigefinger auf ihre Lippen und machte eindringlich „Pscht!!" Aber tief im Innern stimmte sie ihr absolut zu.

Knut wischte sich mit der Serviette den Mund ab und lehnte sich behaglich zurück. Sie saßen zu viert an einem urigen Holztisch der „Jägerstube" im Restaurant „Bergsee®". Er und Anita hatten sich die „Bergsee-Spezialitäten" für zwei Personen bestellt. Sie bekamen geräuchertes Forellenfilet mit Sahnemeerrettich, richtig guten Schwarzwälder Schinken, Bauernbratwurst, deftigen Speck, aromatischen Bergkäse und Schäufele, alles sehr geschmackvoll auf einem runden Holzbrett zusammengestellt. Dazu leckeres frisches Bauernbrot und zum Abschluss zwei Gläser Schwarzwälder Kirschwasser. Knut war satt und fühlte sich pudelwohl, und auch Anita sah zum ersten Mal an diesem Tag sehr zufrieden aus.

„Puh, das war echt gut. Das war mal etwas ganz anderes als das ewige Schnitzel."

Ulrike, die neben ihr saß, pflichtete ihr bei. Sie hatte die Käsespätzle probiert und war hellauf begeistert.

„Ich brauche auf jeden Fall auch einen Schnaps, ich habe das Gefühl, ich platze gleich."

Kilian war bei der „Schnaps-Idee" natürlich sofort dabei. Er war die letzten zwanzig Minuten selig kauend mit einer Schweinshaxe beschäftigt gewesen und hatte sich nicht großartig am Gespräch beteiligt. Nun war der Teller leer, Schwein, Sauerkraut, Salzkartoffeln und Bratensoße waren bis auf den letzten Krümel in dem bayrischen Kripobeamten aus Flensburg verschwunden. Jetzt sah er sich im Gastraum um.

Es war alles sehr urig eingerichtet. Sie saßen in einer Ecke, in der sich ein grüngekachelter Ofen befand, der im Winter mit Sicherheit für wohlige Wärme sorgte. Die Holzstühle und großen massiven Tische verliehen dem Raum einen gemütlichen Charakter. Ihr Kellner Micky brachte ihnen vier kleine Gläser mit einer klaren Flüssigkeit und stellte sie vor sie hin. Er lächelte freundlich.

„Zum Wohl die Herrschaften. Darf ich Ihnen vielleicht noch einen Kaffee oder

Espresso bringen?" Anita nickte erfreut. „Ich würde einen Espresso nehmen und ihr?"

Knut und Ulrike bestellten sich einen Kaffee, Kilian blieb bei seinem Bier.

„Netter Kerl, sie sind hier alle so freundlich, das ist richtig schön."

Ulrike sah Micky lächelnd nach. Auch wenn Kilian kurz die Augenbrauen zusammenzog, musste er seiner Freundin doch zustimmen. Alle, mit denen sie es bisher heute zu tun gehabt hatten, waren freundlich, hilfsbereit und herzlich gewesen. Die Umgebung war wirklich wunderschön, die Aussicht war traumhaft, das Hotelzimmer sauber und freundlich eingerichtet und das Essen gerade war hervorragend. Bis jetzt war es also alles in allem eine gute Idee von Knut gewesen, ihn mit hierher mitzuschleppen.

„Und? Was stellen wir vier Hübschen heute noch an?" Kilian sah auf die Uhr. Es war kurz nach acht. Ulrike sah über die angrenzende Terrasse zum Fenster hinaus.

„Es ist so ein schöner Abend, wollen wir nicht noch eine kleine Runde laufen und uns ein bisschen umsehen?"

Fragend blickte sie in die Runde. Die restlichen drei nickten zustimmend. Sie prosteten sich mit dem gehaltvollen Kirschwasser zu, bezahlten und machten sich auf den Weg zum gegenüberliegenden Seeufer. Knapp eine halbe Stunde später hatten sie so ziemlich alles gesehen, was dieses kleine Örtchen zu bieten hatte. Anita war völlig perplex.

„Also mal ganz ehrlich, Wyk ist ja nun auch nicht wirklich riesig. Aber offenbar besteht dieser Ort nur aus dieser einen Straße, kann das sein?"

Dem war natürlich nicht so. Knut hatte sich mal ein paar Fakten ergoogelt, die er jetzt im schönsten „Klugscheißer-Modus" von sich gab.

„Der Ort hat insgesamt 249 Einwohner und diese Straße hier wird von vielen als die schönste Flaniermeile im Schwarzwald beschrieben. Ausserdem ist der Titisee eines der beliebtesten Ausflugsziele Deutschlands und meist besuchte See im Schwarzwald. Er ist rund 20 Meter tief und auf seinem tiefsten Grund sollen sich die Überreste einer versunkenen Stadt befinden."

Anita sah Knut fast schon bewundernd an. „Was du nicht alles weißt."

Kilian hieb ihm freundschaftlich auf die Schulter.

„Und, Herr Oberlehrer, gibt's an diesem Naturwunder auch noch irgendwo ein schönes Bierchen oder muss ich armer norddeutscher Oberbayer jetzt verdursten?"

Knut sah sich um und überlegte. Die Straße, die den Tag über voll von Menschen war, wirkte jetzt um diese Uhrzeit wie leergefegt. Ulrike gähnte.

„Also wenn mich einer fragt, dann würde ich mich am liebsten ins Bett werfen. Diese lange Fahrt war eine echte Herausforderung. Und vielleicht können wir dann ja alle morgen in alter Frische etwas zusammen unternehmen. Also ich wäre ja auf jeden Fall für eine Bootstour."

Anita gähnte ebenfalls und streckte sich. Knut sah ihr an, dass sie erschöpft war. Wahrscheinlich war sie die letzten zehn Jahre nicht so viel gelaufen, wie heute an einem Tag.

„Ich hätte da einen Vorschlag: Die Damen könnten doch schon mal aufs Zimmer gehen und sich ausruhen. Kilian und ich würden noch einen kurzen Abstecher in die Hotelbar unternehmen und dann baldigst folgen. Klingt das nach einem Plan?"

Kilian nickte eifrig und auch Ulrike war sofort damit einverstanden. Lediglich Anita überlegte kurz, ob es eine gute Idee war, Knut in einer fremden Umgebung, bei so vielen weiblichen Hotelgästen alleine mit seinem Kollegen an die Hotelbar zu lassen. Aber sie war viel zu erschöpft, um noch viel zu diskutieren und erklärte sich einverstanden. Einträchtig liefen sie nebeneinander zurück ins Hotel.

Eine halbe Stunde später saßen Knut und Kilian auf einer der cremefarbenen Ledercouchen in der Hotelbar und hörten der Pianistin am Klavier zu. Knut hatte beim Barkeeper zwei „Föhrer Manhattan" geordert. Es war das Nationalgetränk seiner Insel, bestehend aus Whiskey, Wermut, einer Cocktailkirsche und Eis, das auf der Insel gerne und zu jeder Gelegenheit getrunken wurde.

„Entschuldigung, dürfen wir uns vielleicht zu Ihnen setzen? Hier ist sonst nichts mehr frei."

Vor Knut und Kilian standen zwei Herren, etwa in Kilians Alter. Der eine war groß und eher durchtrainiert, während der andere einen eher schmächtigen und schüchternen Eindruck machte. Knut machte eine einladende Handbewegung, immerhin war die Couch auf der anderen Seite des Tisches noch leer. Die beiden setzten sich. Der Größere winkte sofort dem Kellner und ließ sich die Weinkarte bringen.

„Darf ich Sie auf ein Gläschen einladen?" Er sah Knut und Kilian fragend an. Die überlegten kurz, ob sich Wein mit ihrem Manhattan vertragen würde und kamen recht schnell überein, dass das kein Problem darstellen dürfte.

„Wunderbar, dann bringen Sie uns doch bitte eine Flasche „Cabernet Sauvignon Merlot" und vier Gläser."

Der Kellner nickte und kam kurz darauf mit dem Gewünschten zurück.

„Danke, einschenken können wir selbst. Sie können sich wieder verziehen, ich rufe Sie, wenn ich noch was brauche. Ach so, ein paar frische Chips wären nett."

Er reichte dem völlig verdatterten Kellner die kleine Schüssel mit Paprikachips, die überall auf den Tischen in der Bar verteilt waren. Dann nahm er ihm die Flasche aus der Hand und roch an der Öffnung. Er goß den

Wein in die vier Gläser und reichte sie an die drei Männer weiter. Der junge Kellner Franco stand immer noch wie angewurzelt neben ihnen am Tisch.

„Was ist mit Ihnen? Auf was warten Sie noch, Mensch?" Franco blinzelte kurz und eilte dann zurück zu seinem Kollegen. „Che stupido idiota" raunte er seinem Kollegen zu.

Felix, der Dienst hinter der Bar hatte lehnte sich kurz vor, um zu gucken, wen Franco da gerade als dummen Idioten beschimpft hatte. Dann zuckte er mit den Schultern.

„Den kenne ich, der ist öfter hier. Bestellt immer die teuersten Weine und Champagner und benimmt sich wie der letzte Mensch. Mach dir nichts draus, der macht genauso die Knie beim Kacken krumm wie wir."

Beide lachten, obwohl Franco nur die Hälfte von dem verstanden hatte, was Felix gerade gesagt hatte. Am Tisch prosteten sich die vier Herren mittlerweile zu.

„Darf ich mich vorstellen? Mein Name ist Dirk von Hohenfelde. Und das hier neben mir ist mein alter Freund Olaf Kuhn. Mit wem haben wir das Vergnügen?"

Knut war Olafs Gesichtsausdruck gerade zwar nicht entgangen, aber er dachte sich nichts dabei.

„Mein Name ist Knut Hansen und das ist Kilian Brandner." Kilian nickte in Dirks und Olafs Richtung.

„Sehr erfreut. Was führt Sie denn in den schönen Schwarzwald, wenn ich fragen darf?"

Dirk lachte anzüglich.

„Also mich hat die Aussicht auf ein paar schöne Stunden mit einer heißen Frau hierhergeführt, wenn Sie wissen, was ich meine. Das ist einer der Gründe, warum ich hier ein klein wenig inkognito bleiben muss. Immerhin sind wir beide verheiratet."

Er zwinkerte und streckte dabei die Zunge heraus. Knut fand diese Geste widerlich. Er verstand nicht, wie Frauen immer wieder auf solche Typen hereinfallen konnten. Später, nach zwei weiteren Flaschen Wein und einer Flasche „Louis Roederer" Jahrgangschampagner war ihm das aber auch vollkommen egal. Sie waren mittlerweile alle beim „Du" angelangt und gackerten und prusteten bei jedem Satz wie eine Horde alberner Schulmädchen.

Dirk hatte die Barpianistin nun schon einige Male an den Rand der Verzweiflung gebracht, weil er ständig ein anderes Lied von ihr gespielt haben wollte, dieses dann lautstark mitgrölte und ihr danach immer wieder sagte, wie schlecht sie doch spielen würde. Kilian wollte ein paar mal beschwichtigend eingreifen, aber Dirk hatte nur lachend abgewehrt.

„Ach was, das muss die abkönnen, ich sag das ja auch nur zum Spass." Die Einzige, die nicht lachte, war die Frau am Klavier.

„Ich habe eine fantastische Idee: Wie wäre es, wenn wir noch eine Runde schwimmen gehen würden? Das Schwimmbad hat die ganze Nacht auf und ich hätte jetzt richtig Lust auf ein bisschen Bewegung."

Dirk sah erwartungsvoll in die Runde. Im nüchternen Zustand hätte Knut wahrscheinlich auf der Stelle nein gesagt. Jetzt, seinem alkoholbenebelten Hirn sei Dank, fand er die Idee großartig. Auch Kilian schien durchaus begeistert zu sein. Olaf war eher zurückhaltend, freute sich aber insgeheim, dass er gerade ein Teil dieser lustigen Männertruppe sein durfte. Sowas hatte er schon lange nicht mehr erlebt. Seine Freunde aus besseren Tagen hatten sich alle von ihm abgewandt, als es gesellschaftlich mit ihm den Bach herunter gegangen war.

„Also dann, wir treffen uns in einer Viertelstunde im Schwimmbad. Die Rechnung hier geht auf mich."

Die vier Männer erhoben sich und schwankten vor zu den Fahrstühlen. Knut überlegte fieberhaft, wie er sich im Zimmer umziehen konnte, ohne Anita zu wecken. Das würde nämlich in einer mittleren Katastrophe enden, er kannte das.

„Hast du ne Idee, wie ich jetzt möglichst geräuschlos in meine Badehose komme?" Fragend sah er Kilian an. Der überlegte kurz.

„Hast du deinen Koffer schon ausgepackt?" Knut schüttelte den Kopf.

„Perfekt, dann holst du ihn ganz leise aus dem Zimmer und kommst rüber zu mir. Ich habe gesehen, dass im Schrank zwei

Handtücher und zwei Bademäntel liegen. Das nehmen wir, bestimmt bekommen wir morgen frische, wenn wir das wollen."

Knut nickte seinem Kollegen anerkennend zu. „Guter Plan Herr Brandner, das könnte funktionieren. Hoffentlich wecken wir aber nicht noch deine Ulrike."

Kilian beruhigte ihn.

„Die ist tiefenentspannt und würde einfach weiterschlafen."

Knut musste zugeben, dass er ihn gerade ein ganz klein wenig beneidete. Ganz leise öffnete er seine Zimmertür, während Kilian hinter ihm wartete. Mit fest zusammengepressten Lippen und angehaltenem Atem trug er seinen Koffer hinaus auf den Flur. Anita drehte sich zwar im Bett um und machte ein kurzes Geräusch, wurde aber nicht wach, sondern schnarchte leise weiter. Sachte zog er die Tür ins Schloss und sah Kilian triumphierend an. Beide kicherten wie zwei Verschwörer.

„Also dann, auf in die nächste Höhle der Löwen."

Auch da, leises Türöffnen, ein völlig unnötiges „Schhhh..." von Kilian und eine erstaunte Ulrike, die im Bett saß und las.

„Wieso schläfst du denn nicht, mein Schnuckelhase?"

Kilian und Knut fühlten sich ertappt und standen nun ein wenig verlegen, wie zwei kleine Schuljungen mitten im Zimmer.

„Ich habe ein wenig geschlafen und wurde dann wieder wach, weil im Zimmer nebenan ein Hund gebellt hat. Seitdem lese ich. Und ihr hattet offensichtlich Spaß, wenn ich mir euch so ansehe."

Sie musste grinsen. Bisher kannte sie Kilian nur als liebevollen, warmherzigen, aber auch sehr korrekten und ordnungsliebenden Mann. Als er nun vor ihr stand, die dicken schwarzen Haare leicht zerzaust, der Blick ein wenig verschwommen, die Stimme leicht verwaschen vom Alkohol und das schlechte Gewissen in Person, da wurde ihr warm ums Herz vor lauter Liebe.

„Was habt ihr denn noch vor ihr zwei?" Kilian neigte den Kopf hin und her, während Knut unschlüssig mit seinem gepackten Koffer wie ein verloren gegangener Tourist in einer fremden Stadt mitten im Zimmer stand.

„Ach, wir haben in der Bar zwei so Typen kennengelernt, mit denen gehen wir jetzt noch eine Runde schwimmen. Danach komme ich sofort zu dir ins Bett, versprochen."

Er eilte zu seiner Freundin und drückte ihr einen fetten Schmatz auf die Wange. Die musste lachen, schob ihn von sich und wischte sich über die Backe.

„Dann habt mal noch viel Spass und ertrinkt mir bitte nicht. Das kriege ich Anita sonst morgen früh nicht erklärt."

Zwanzig Minuten später dümpelten Kilian, Knut, Dirk und Olaf im wunderbar warmen Wasser des Hotelschwimmbades. Außer ihnen war noch ein Herr mittleren Alters im Becken, der unbeirrt seine Kreise zog. Das Becken war gerade einmal 1,35 Meter tief und die Wassertemperatur betrug 28 Grad.

„Jetzt noch ein gescheiter Whiskey und eine Zigarre und das Leben wäre gerade echt perfekt." Dirk lehnte seinen Kopf zurück und schloss die Augen.

Knut hatte ein paar Runden gedreht und hielt sich jetzt schwer atmend am Beckenrand fest. Seine Kondition ließ echt zu wünschen übrig, vielleicht hatte Anita ja gar nicht so Unrecht. Kilian sah ein wenig so aus, als würde er gleich einschlafen und Olaf schien vor sich hin zu sinnieren.

„Wisst ihr was? Ich geh jetzt noch eine Runde in die Sauna. Wer geht mit?"

Dirk hatte einen hochroten Kopf und einen ziemlich glasigen Blick. Knut sah ihn ein wenig zweifelnd an.

„Bist du dir sicher, dass du jetzt noch in die Sauna gehen solltest? Du siehst nicht wirklich gesund aus." Dirk schüttelte den Kopf und wehrte mit den Händen ab.

„Ach was, mir geht's gut. Ich habe nur immer noch leicht Kopfschmerzen, die habe ich schon den ganzen Tag. Die Wärme tut mir bestimmt gut."

Knut schwamm vor zur Treppe und wuchtete sich die Stufen aus dem Wasser. Der Bademantel, den Kilian ihm geliehen hatte war Größe „M" und ging nur mit Ach und Krach zu. Knut hoffte, dass um diese nachtschlafende Uhrzeit keine Hotelgäste mehr auf den Fluren unterwegs sein würden. Kilian folgte ihm.

„Also ich für meinen Teil geh jetzt ins Bett." Kilian stimmte ohne Umschweife zu. Und auch Olaf gähnte herzhaft.

„Ach ihr seid doch alle Weicheier, dann geh ich halt alleine. Wir sehen uns dann ja vielleicht morgen früh beim Frühstück."

Knut, Olaf und Kilian warfen ein fast einstimmiges „Gute Nacht, bis morgen" in Dirks Richtung und fuhren zu dritt mit dem Fahrstuhl nach oben. Olaf stieg im ersten Stock aus und Kilian und Knut fuhren zusammen in den zweiten. Sie verabredeten sich für halb neun zum Frühstück, dann ging jeder von ihnen auf leisen Sohlen zu seiner Freundin.

Dirk Schmitz hatte zwei Euro in den Automaten neben der Sauna eingeworfen und somit die Sauna angeheizt. Dann zog er sich mitten im Flur aus, noch vor den Ruheräumen und den Duschen, ließ seine Badehose einfach fallen, wo er stand, und setzte sich auf die obere rechte Bank in der mittlerweile immer heißer werdenden Sauna. Kurze Zeit später war er eingeschlafen.

Als er wieder aufwachte, pochte ihm das Blut in den Schläfen, ihm war übel, wahnsinnig schwindlig und die Hitze raubte ihm fast den Verstand. Er lallte unverständlich vor sich hin. Wahrscheinlich war die Kombination aus Rotwein, Champagner,

Schmerzmitteln, Blutdrucktabletten, der Viagra, die er vorm Schwimmen gehen noch genommen hatte, um später Jaqueline noch zeigen zu können, wer der Herr im Bett ist, inklusive der Hitze hier in der Sauna nicht die allerbeste Idee gewesen.

Er stolperte und schleppte sich mit Müh und Not bis vor an die Tür. Dort sah er durch die Glasscheibe einen menschlichen Umriss stehen. Er stöhnte durch die geschlossene Tür:

„Helfen Sie mir, mir geht's nicht gut. Können Sie die Tür aufmachen, bitte?"

Draußen bewegte sich nichts und Dirk versuchte, die Tür mit letzter Kraft nach außen aufzudrücken. Doch die Gestalt schien die Tür zuzuhalten, sie bewegte sich keinen Meter. In Dirk wuchs die blanke Panik.

„He, was soll das? Lass sofort die Tür los! Hilfe! Hallo, ich will hier raus. Hilf mir doch!!!"

Er spürte regelrecht, wie sein Hirn durch die Hitze anschwoll und ihm offenbar eine Ader im Kopf platzte. Keine Minute später sank er bewusstlos zu Boden. Sein Herz kämpfte noch einige Schläge, bis es aufgab und zehn Minuten später war Dirk Schmitz alias von Hohenfelde tot.

Kapitel 4 - ein Toter, viele Fragen

Am nächsten Morgen erwachte Knut, weil ihm der Kopf dröhnte, als hätte ein Wespenschwarm ihn in Beschlag genommen. Er schaute auf sein Handy, das neben ihm auf dem Nachttisch lag. Es war kurz nach sieben, draußen fuhr anscheinend gerade ein LKW rückwärts aufs Hotelgelände. Jedenfalls piepste es so erbärmlich laut, dass sogar Anita davon wach wurde.

„Was ist denn los?" brummte sie verschlafen.

Sie rieb sich die Augen und drehte sich zu Knut um. Der hatte schon mal vorsorglich den Hals eingezogen. Kurz nach sieben Uhr am Morgen war definitiv nicht Anitas Uhrzeit, und das würde sie gleich ziemlich deutlich kundtun. Aber zu seinem maßlosen Erstaunen lächelte sie. Knut war aufs Äußerste verwirrt und getraute sich nicht, sich zu bewegen.

„Hach, ich habe traumhaft gut geschlafen, so gut wie schon lange nicht mehr. Aber wieso guckst du denn jetzt so belämmert?"

Sie streckte sich und sah Knut dann fragend an.

„Ähm, ich habe dich halt um die Uhrzeit noch nie mit solch guter Laune erlebt und überlege gerade, ob es sich nicht lohnen würde, deswegen hierherzuziehen. Dann sehe ich das jeden Tag."

Er musste ein wenig schmunzeln, aber auch nur, weil Anita anfing, an ihm herumzufingern.

„Du solltest das lassen, du machst mich gerade ziemlich nervös."

Nichtsdestotrotz genoss er ihre kleinen Berührungen natürlich sehr. Dann kamen sie halt etwas später zum Frühstück, was soll's.

Ein wenig rau flüsterte er: „Komm her du kleines Luder. Vielleicht werden ja dann auch meine Kopfschmerzen besser."

Um kurz nach neun standen sie beide unten am Haupteingang und warteten auf Kilian und Ulrike. Knut hatte an der Rezeption noch nach einer Apotheke in der Nähe gefragt. Sollten die nächsten drei Abende auch so feuchtfröhlich werden wollte er sich vorsorglich schon mal mit Kopfschmerztabletten eindecken.

An der Rezeption herrschte reges Treiben. Außer der jungen Rezeptionistin waren noch zwei Handwerker hinter dem Tresen zu finden. Die starrten gerade auf einen großen Monitor, auf dem normalerweise die Bilder und Videos der Überwachungskameras vom gesamten Hotel zu sehen waren. Aber der Monitor blieb schwarz, und die beiden Techniker schienen ziemlich ratlos zu sein.

„Habt ihr Probleme mit der Technik? Stecker rein soll hilfreich sein, habe ich gehört."

Knut hatte nach seinen morgendlichen „Aktivitäten" beste Laune und fühlte sich unglaublich witzig. Das gerade keiner sonst lachte störte ihn wenig. Die junge Rezeptionistin, die ihm gerade den Weg zur Apotheke weiter oben in der Seestraße erklärt hatte, meinte dazu nur:

„Wir haben Probleme mit unseren Kameras im ganzen Haus. Und jetzt muss der Fehler natürlich schnellstmöglich behoben werden."

Hinter Knut wurde es unruhig. Kilian und Ulrike waren gerade nach unten gekommen. Und während Ulrike nach draußen zu Anita ging, um ihr guten Morgen zu sagen, schlenderte Kilian zu Knut an die Rezeption.

„Moin, na? Auch so ein elendes Kopfgebrumme wie ich?" Knut grinste. "Ne, jetzt nicht mehr. Meine Kopfschmerzen sind nahezu wie weggeblasen."

Kilian verdrehte kurz die Augen, dann schüttelte er lachend den Kopf.

„Je oller, desto doller, oder wie?" Knut bedankte sich bei der Rezeptionistin.

"Komm, wir holen unsere Frauen und gehen frühstücken. Ich könnte unbedingt einen Kaffee vertragen. Einen gescheiten Ostfriesentee werden die hier ja wohl eher nicht haben."

Dafür hatte das Hotel alles andere, was das Herz zum Frühstück begehrt. Es gab sogar einen kleinen Tisch mit Sekt, einen Butterautomaten, eine Pancakemaschine und eine riesige Auswahl an Wurst, Käse, Marmeladen, Rührei mit und ohne Speck, Würstchen, gekochte Eier, Lachs, Dips, Säfte, verschiedene

Sorten Brötchen und Brot, Kuchen, frischer Obstsalat und allerlei Joghurt. Die Vier waren auf den ersten Blick sehr beeindruckt.

Etwas später saßen sie an einem Tisch mit Aussicht auf den See. Die beiden Männer hatten sich die Teller mit Deftigem vollgeladen, Ulrike bevorzugte Lachs, frisches Obst und Quark, während Anita sich Orangenmarmelade aufs Brötchen häufte.

„Sowas sollte man viel öfter machen. In Ruhe frühstücken, den Tag entspannt und erholt beginnen und einfach mal Gott einen guten Mann sein lassen." Anita kaute zufrieden.

Knut war immer noch ein wenig irritiert wegen ihrer guten Laune. Sie wirkte so ausgeglichen und fast schon fröhlich, dass es ihm beinahe ein wenig unheimlich war. Ulrike lächelte sie an.

„Da gebe ich dir absolut recht. So könnte echt jeder Tag beginnen. Ich finde es schön, dass wir hier mit euch zusammen sein können." Anita wurde leicht rot.

Sie musste insgeheim zugeben, dass sie Ulrikes und Kilians Anwesenheit nicht wirklich als unangenehm empfand und freute sich nun auf die nächsten vier Tage. Spontan schlug sie Ulrike vor, den gewonnen Wellness-Termin gemeinsam mit ihr wahrzunehmen. Und Ulrike schien sich sehr über den Vorschlag zu freuen.

„Ach guck mal, da hinten sitzt Olaf. Der sieht auch leicht zerknittert aus."

Anita und Ulrike sahen in die Richtung, in die Knut und Kilian deuteten.

„Kennt ihr den?" Kilian wiegte den Kopf hin und her.

„Kennen ist zu viel gesagt. Wir haben ihn gestern zufällig an der Hotelbar getroffen, zusammen mit irgendeinem Dirk, der hier inkognito mit seinem Gspusi ein Wochenende verbringt." Anita musste lachen.

„Was ist denn ein Gschbusi?" Kilian versuchte zu übersetzen.

„Das ist typisch bayrisch für Liebschaft, beziehungsweise eine Affäre. So manchmal rutscht mir dann doch noch das ein oder andere Wort heraus, das sonst keiner versteht."

Fast schon entschuldigend sah er über den Tisch zu Ulrike, die mit ihren Lippen einen angedeuteten Kuss formte.

„Hören Sie, ich habe Herrn von Hohenfelde weder gesehen, noch kann ich Ihnen sagen, wo er ist. Hat er denn nicht die Nacht in seinem Hotelzimmer verbracht?"

Gloria Mendez, die an diesem Morgen Dienst an der Rezeption hatte, wusste nicht mehr, was sie der sehr attraktiven jungen Frau, die da vor ihr stand, noch sagen sollte. Jaqueline überlegte.

„Ich habe ihn gestern Abend nach dem Abendessen zuletzt gesehen, er wollte noch in die Hotelbar. Und nein, es sieht nicht so aus, als hätte er die Nacht neben mir verbracht. Ich habe nach dem Essen eine Schlaftablette genommen und sogar fast das Frühstück verschlafen. Jetzt kann ich ihn nirgends finden."

Gloria überlegte. „Wo waren Sie denn schon überall? Haben Sie auch schon im Wellnessbereich nachgesehen?"

Jacky schüttelte den Kopf.

„Ehrlich gesagt nein, weil ich zunächst im Frühstücksraum und draußen nachgesehen habe. Sein Auto steht noch da und auch sein Koffer mit dem gesamten Inhalt ist noch auf dem Zimmer." Sie dachte nach.

„Aber Sie haben recht, ich werde mich noch im Schwimmbad umsehen, vielleicht hat er mir ja auch gesagt, dass er schwimmen gehen will, und ich habe es durch meine Schlaftablette nicht mitbekommen."

Gloria Mendez nickte zustimmend.

„Machen Sie das, bestimmt findet sich Ihr Freund dort und dreht ein paar entspannte Runden durchs Wasser."

Sie lächelte aufmunternd. „Und wenn wir Ihnen sonst noch irgendwie helfen können, sagen Sie uns bitte Bescheid."

Jacky nickte und ging durch das Treppenhaus ins Untergeschoss. Dort befanden sich die Tagungsräume, eine Kegelbahn, ein Billardtisch, der Fitnessraum, ein Getränke- und Snackautomat, Toiletten und der Eingang zum Schwimmbad- und Saunabereich. Sie zog ihre Zimmerkarte aus der Hosentasche und hielt sie oben links an den Türöffner über dem Bildschirm. Mit einem leisen Piepen öffnete sich die Verriegelung und sie trat in den gefliesten Vorraum.

Links neben der Tür stand eine große Korbtruhe, in der die Gäste ihre gebrauchten Handtücher entsorgen konnten. Wenn man nach rechts lief, kam man an einer Toilette und einer Dusche vorbei, bevor man zum eigentlichen Schwimmbadbereich kam. Nach links ging es Richtung Sauna, Ruhebereich, weiteren Duschen und noch einer Toilette. Jaqueline zog Schuhe und Strümpfe aus lief zunächst nach rechts.

Sie wollte nachsehen, ob Dirk vielleicht tatsächlich die Zeit genutzt hatte, während sie noch schlief, um sich ein wenig sportlich zu betätigen. Aber warum war dann seine Bettseite unberührt? Sie schaute sich um. Im Wasser spielten zwei Kinder mit einem Ball, sie hatten Spaß und lachten ziemlich laut. Auf den Liegen, die rund um das Becken standen, lagen zwei ältere Damen, ein Mann und eine Frau, wahrscheinlich die Eltern der Kinder. Im Wasser war noch ein Pärchen, dass sich schmusend durchs warme Wasser treiben ließ.

Insgesamt wäre es Dirk hier viel zu laut und zu voll gewesen, dessen war sie sich sicher. Sie ging durch den Gang Richtung Saunabereich. Jacky betrachtete einen Moment den Holzgriff der Saunatür, auf dem „Schwarzwälder Saunabau" stand und eine Tanne eingraviert war. An der holzumrandeten Glastür hing ein Schild, auf dem „Außer Betrieb" stand. In der Sauna war es dunkel, Sie konnte es sich also sparen, einen Blick hineinzuwerfen. Dann konnte Dirk hier demnach auch nicht sein.

Sie warf noch einen Blick in den links angrenzenden Ruheraum und nach rechts in die Duschen. Dann ging sie ziemlich ratlos wieder hoch an die Rezeption.

„Haben Sie ihren Freund gefunden, Frau Koschinski?" Maria sah sie freundlich an.

„Nein, habe ich nicht. Ich hatte ihn noch am ehesten in der Sauna erwartet, aber da die ja außer Betrieb ist kann er dort schon mal nicht sein. Ich werde mich jetzt mal auf die Suche auf dem Außengelände machen. Vielleicht hat er sich ja auch einfach eine schöne Liege geschnappt und liegt jetzt in der Sonne."

Gloria hatte mitten in Jackys Satz aufgehorcht.

„Sagten Sie, die Sauna sei außer Betrieb? Wie kommen Sie denn darauf?"

Jacky antwortete arglos: „Na, weil ein Schild daran hängt, „Außer Betrieb". Dann gehe ich davon aus, dass sie nicht genutzt werden kann. Und warum sollte sich Herr von

Hohenfelde in eine nicht funktionierende Sauna setzen?"

Gloria wurde leicht hektisch, auch wenn sich Jacky dafür gerade nicht der Sinn erschloss.

„Haben Sie schon gefrühstückt Frau Koschinski?"

Es war inzwischen viertel nach zehn, das Frühstück war eigentlich so gut wie vorbei. Jacky schüttelte den Kopf und merkte erst jetzt, dass sie ziemlichen Hunger hatte.

„Gehen Sie doch ins Restaurant und frühstücken Sie in Ruhe. Ich muss kurz etwas klären und komme gleich nochmal zu Ihnen."

Als Jacky im Restaurant ankam waren nicht mehr viele Gäste da. Die meisten nutzten wohl schon das schöne Wetter und waren draußen unterwegs. Sie nahm sich zwei Brötchen, Salami und Käse und beschloss, zunächst in Ruhe etwas zu essen. Dirk konnte ja nicht vom Erdboden verschluckt worden sein. Wahrscheinlich saß er irgendwo und baggerte schon die nächste langbeinige Blondine an.

Ihr war's mittlerweile völlig egal, sie war froh, wenn dieser Tag und die Nacht vorbei waren, sie zurück nach Zürich zu Roberto konnte und Dirk nach Möglichkeit nie wiedersehen musste. Sie schenkte sich noch Kaffee aus dem Kännchen in die Tasse und war gespannt, wo er im Nachhinein wiederauftauchen würde.

In der Zwischenzeit hatte Gloria Mendez den Hausmeister Edgar Beierle darum gebeten, nach der offenbar defekten Sauna zu sehen. Keine fünf Minuten später stand er wieder oben an der Rezeption und war kreidebleich im Gesicht.

„Da sitzt ein Toter!"

Gloria dachte zunächst, sie hätte sich verhört. Ungläubig fragte sie nach.

„Was redest du denn da, Edgar? Wo sitzt ein Toter?"

Edgar schüttelte sich und hätte sich beinahe übergeben.

„Unten in der Sauna, auf einer der Bänke. Da sitzt ein Toter."

Gloria bekam Gänsehaut, sie hatte sofort die schlimmsten Befürchtungen. Sie flitzte mit Edgar im Schlepptau in den Sauna-Bereich und blieb wie angewurzelt vor der Tür stehen. Edgar hatte sie Gott sei Dank wieder zugemacht und das Schild hängen lassen. Sie öffnete vorsichtig die Tür, als würde ein Tier dahinter lauern das sie anfallen könnte. Dann sah sie ihn und schlug die Hand vor den Mund.

Das war tatsächlich dieser Dirk von Hohenfelde. Sein Körper saß merkwürdig verkrampft auf der unteren linken Holzbank, wenn man von außen vor der verschlossenen Tür stand, war er nicht zu erkennen. Offenbar hatte er, vielleicht bedingt durch die Hitze einen Herzinfarkt oder Ähnliches erlitten.

Auf jeden Fall war er tot, um das festzustellen musste sie ihn weder ansprechen noch seinen Puls fühlen. Im Schwimmbad befanden sich immer noch Gäste, darunter drei Kinder. Die mussten nun alle irgendwie zügig hier weg, ohne dass sie Verdacht schöpften. Gloria dachte einen Moment nach. Dann wandte sie sich an Edgar.

„Ok, du verständigst den Chef, ich kümmere mich um die Leute im Schwimmbad. Und beeil dich bitte!"

Edgar staubte davon. Gloria überlegte kurz, was sie jetzt sagen könnte, dann räusperte sie sich und trat hinaus in den Schwimmbadbereich. Die Gäste, die sich im Wasser und auf den Liegen befanden, sahen sie abwartend an. Sie stellte sich vorne an den Rand und rief:

„Ich muss Sie leider bitten, das Schwimmbad für heute zu verlassen. Wir haben erhebliche Probleme mit der Filteranlage und werden den Bereich für heute schließen müssen. Ich bitte um Ihr Verständnis. Ich denke mal, spätestens morgen können Sie wieder bedenkenlos schwimmen gehen."

Sie lächelte ein wenig gequält. Dann wartete sie, bis auch der letzte Gast den Raum verlassen hatte. Sie wollte sicher gehen, dass keiner der Gäste den Toten fand.

Kurze Zeit später tauchte Uwe Brunner, der Hoteldirektor auf. Edgar hatte in der Zwischenzeit das gesamte Untergeschoss hinter dem Snackautomat abgesperrt.

„Das kann doch jetzt nicht wahr sein, oder? Ein Toter hier in meiner Sauna? Ich habe schon den Rettungswagen und die Polizei verständigt, man kann ja nie wissen. Edgar meinte, es handele sich um einen unserer Stammgäste? Einen Herrn von Hohenfelde, richtig?"

Uwe Brunner hatte Schweißperlen auf der Stirn. Zum einen, weil es im Schwimmbadbereich angenehm warm war und zum anderen, weil er sich sicher war, dass jetzt ziemlich viel Aufwand auf ihn zukommen würde. Und er machte sich jetzt schon Sorgen darüber, wie man die anderen Gäste von dem Anblick eines Leichenwagens und der Polizei fernhalten konnte.

Gloria nickte. „Ja, das ist Dirk Schmitz, alias von Hohenfelde. Keine Ahnung, warum er immer unter falschem Namen eincheckt. Ein durch und durch unangenehmer und unsympathischer Zeitgenosse. Gott hab ihn selig."

Sie bekreuzigte sich und wandte sich dann ab. Brunner nahm sie am Arm.

„Kommen Sie Gloria, wir warten oben auf die Polizei. Edgar soll hier unten bleiben, nicht dass sich doch noch einer der Gäste hierher verirrt."

Sie gingen schweigend hoch zur Rezeption. Keine Viertelstunde später hielt ein Polizeiauto vor der Tür.

„Grüß Gott, mein Name ist Bernd Volkert, Kommissar der Dienststelle Neustadt. Was ist denn passiert?"

Edgar Beier hatte zwischenzeitlich die Rettungssanitäter und den Notarzt, die kurz vor der Polizei eingetroffen waren, zu dem Toten geführt. Uwe Brunner und Gloria Mendez berichteten Volkert derweil, was sie bis jetzt über den Sachverhalt wussten. Und das war nicht wirklich viel.

„Wissen Sie was, ich mache mir erstmal ein Bild vor Ort und dann sehen wir weiter."

Er nahm die Treppe ins Untergeschoss und ließ sich vom Hoteldirektor zur Sauna führen. Die Sanitäter standen ein wenig unschlüssig am Eingang der Sauna und betrachteten sich den Toten. Er saß auf der unteren Bank ganz links außen. Seine Körperhaltung wirkte unnatürlich, wie hindrapiert. Sein Gesicht war aufgedunsen.

„Wir haben den Toten jetzt mal nicht angefasst oder bewegt, ich glaube ja nicht, dass der eines natürlichen Todes gestorben ist. Der ist mindestens schon fünf oder sechs Stunden tot. Nie und nimmer hätte der sich so auf die Bank gesetzt, wenn er zum Beispiel einen Herzinfarkt gehabt hätte."

Manu, die Notfallsanitäterin sah Bernd Volkert eindringlich an. Der verstand sofort und seufzte.

„Also dann. Fordern wir mal das ganz große Besteck aus Freiburg an. Herr Brunner, Sie können uns schon mal eine Liste mit den

Hotelgästen zur Verfügung stellen, die sich zur Tatzeit hier im Haus befanden. Und natürlich die Bilder der Überwachungskameras."

Er deutete auf die Kamera im Gang.

„Wir gehen mal davon aus, dass Herr von Hohenfelde irgendwann heute Nacht zu Tode gekommen ist. Ich muss jetzt mal telefonieren, wir sehen uns oben an der Rezeption."

Der Notarzt stellte nach der primären Todesfeststellung einen vorläufigen Leichenschauschein aus und verabschiedete sich dann wieder. Uwe Brunner wurde grau im Gesicht und er fuhr sich mit der Hand über die Augen. Das hatte ihm gerade noch gefehlt, ein Mord in seinem Hotel.

Jacky hatte ihn aller Ruhe zu Ende gefrühstückt und wollte gerade zurück aufs Zimmer, als sie draußen vor der Tür das Polizeiauto und den Rettungswagen sah. Einer dunklen Vorahnung folgend lief sie zu Gloria an den Tresen.

„Haben Sie etwa wegen Dirk die Polizei eingeschaltet? Glauben Sie denn, ihm ist etwas passiert?"

Gloria knetete nervös ihre Hände und druckste herum. Sie war definitiv die falsche Person, um Jaqueline zu übermitteln, dass ihr Freund tot sei. Zu ihrer großen Erleichterung kamen Herr Brunner und dieser Volkerts von der Neustädter Polizei gerade wieder die Treppen hoch.

„Herr Volkerts, das ist Frau Jaqueline Koschinski, die Freundin von Herrn von Hohenfelde."

Bernd Volkerts wandte sich Jacky zu. Er mochte solche Momente nicht, Todesnachrichten zu überbringen war noch nie wirklich sein Ding.

„Frau Koschinski, es tut mir sehr leid Ihnen das sagen zu müssen, aber wir haben ihren Freund tot in der Hotelsauna aufgefunden. Wir wissen bisher noch nicht, woran er gestorben ist, können aber eine unnatürliche Todesursache nicht ausschließen."

Jaqueline war im ersten Moment wie erstarrt. Dirk war also gar nicht auf irgendeinem weiblichen Beutezug, sondern schlicht und ergreifend tot. Das kam jetzt ziemlich überraschend, beinahe hätte sie vor Schreck und in einer Art Übersprunghandlung laut gelacht. Sie horchte in sich hinein und wartete darauf, dass sie traurig wurde oder ihr vielleicht sogar ein paar Tränen kamen.

Im nächsten Moment verspürte sie allerdings ein Gefühl, vor dem sie sich selbst ein wenig schämte: Erleichterung. Sie würde nie wieder auch nur eine Sekunde mit diesem unangenehmen Menschen verbringen müssen.

Also fragte sie vollkommen emotionslos: „Ok, und wie geht es jetzt weiter? Kann ich Ihnen irgendwie behilflich sein?"

Keine Spur von Trauer, lediglich eine nüchterne Frage. Volkerts, Brunner und auch Gloria waren verblüfft über die offensichtlich emotionslose Reaktion von Jacky. Volkerts rieb sich den Nacken.

„Nun, ich gehe davon aus, dass die Kollegen von der Kripo Freiburg einige Fragen an Sie haben werden. Sie sollten sich also nach Möglichkeit zur Verfügung halten und das Hotel nicht verlassen."

Jacky atmete tief durch.

„Aber ich darf bestimmt auf mein Zimmer gehen, oder?" Sie schaute fragend in die Runde.

„Natürlich, gehen Sie ruhig." Volkerts nickte. Uwe Brunner sah sie mitleidvoll an.

„Können wir vielleicht irgendetwas für sie tun?"

Sie schüttelte den Kopf. Jetzt brauchte sie erst einmal Zeit für sich und einen klaren Kopf. Sie fuhr mit dem Fahrstuhl nach oben und überlegte indessen, was Dirks Tod für Konsequenzen für sie haben könnte. Gerade im Moment fühlte sie sich wahnsinnig befreit und atmete innerlich auf. Sie musste kein schlechtes Gewissen mehr haben oder sich irgendwelche Ausreden für Roberto einfallen lassen.

Aber was wäre, wenn die Polizei ihren Mann von dem Vorfall unterrichten würde? Weil sie hier ein gemeinsames Zimmer im Hotel gebucht hatten, und dass auch nicht zum ersten Mal. Und Dirk ja auch einer von Robertos Angestellten war. Jaqueline überlief es eiskalt. Ihr Mann würde sie bestimmt rauswerfen, wenn er erfuhr, dass sie und Dirk eine

Affäre gehabt hatten. Atmen Jacky, atmen, ganz ruhig, redete sie sich selbst zu. Wahrscheinlich hatte er einfach einen Herzinfarkt oder einen Schlaganfall gehabt, irgendeine simple und banale Erklärung würde es schon geben. Sie straffte die Schultern und machte sich auf den Weg zu ihrem Zimmer.

Kapitel 5 - Häberle und Kollegen

„Griassgott, mein Name ist Stefan Häberle, Hauptkommissar des KDD Freiburg, ich leite die Ermittlungen. Wer ist hier denn zuständig und kann mir mal ein paar brauchbare Informationen geben?" Häberle machte seinem Namen alle Ehre und war die sprichwörtliche Behäbigkeit in Person. Bei jeder noch so kleinen Anstrengung schnaufte er wie die Brienzer Rothorn-Bahn, er konnte nicht nachdenken, ohne dabei irgendetwas zu kauen und seine Hosen waren durchweg Maßanfertigungen. Die wenigen, sehr dünnen Haare auf seinem Kopf waren hinten zu einer Art Kranz von einem Ohr zum anderen gelegt und seine braunen Augen blickten leicht wässrig und verschlafen durch die Gegend. Auf den ersten Blick bekam man das Gefühl, dass ein Mörder mehrere Morde hintereinander direkt vor seiner Nase begehen konnte, ohne dass Häberle ihm auf die Schliche kommen würde.

Aber weit gefehlt. Hinter dem eher schwerfällig und phlegmatisch wirkenden Mann steckte ein untrügliches Ermittlerhirn, das schon so manchem Verbrecher das Handwerk gelegt hatte.

„Guten Tag, mein Name ist Uwe Brunner. Ich bin der Direktor dieses Hotels. Eine unserer weiblichen Hotelgäste vermisst seit heute Vormittag ihren Freund. Wir haben ihn nun vorhin tot in der Sauna gefunden. Das

Seltsame daran ist allerdings, dass an der Saunatür das Schild „Außer Betrieb" angebracht wurde. Wir wissen weder von wem, noch ist die Sauna defekt. Zeugen scheint es auch keine zu geben."

Brunner machte einen leicht verzweifelten Gesichtsausdruck. Sie saßen in seinem Büro, den Kaffee, der vor ihnen stand, hatten sie beide noch nicht angerührt. Uwe Brunner schlug das Ganze extrem auf den Magen, er war leicht grünlich im Gesicht. Stefan Häberle hatte die Liste der Hotelgäste in der Hand und überflog sie zunächst.

„Wer von denen stand denn mit unserem Opfer in Kontakt?"

Die Kollegen des KDD, die Kriminaltechniker, die IT-Forensiker sowie die Mannschaft der Spurensicherung hatten sich inzwischen in einem der Tagungsräume eingerichtet und mit ihren Ermittlungen und Untersuchungen begonnen. Insgesamt waren 20 Beamte vor Ort, die sich dem Fall annahmen, und Uwe Brunner bekam das Gefühl, sein ganzes Hotel sei mittlerweile ein einziger Tatort.

„Sind Sie denn sicher, dass es sich hier um einen Mord handelt?"

Noch hatte er die Hoffnung, dass Dirk Schmitz vielleicht doch einfach eines natürlichen Todes gestorben war. Diese machte ihm Häberle allerdings ziemlich schnell zunichte.

„Wir müssen auf jeden Fall davon ausgehen. Die unnatürliche Haltung des Toten und das Schild an der Tür sind vorab Indiz genug. Also nochmal: War dieser Schmitz alleine hier oder in Begleitung? Und warum hat er unter dem Namen „von Hohenfelde" eingecheckt?"

In diesem Moment klopfte es an der Tür. Brunner hätte gerne „Herein" gesagt, aber Häberle kam ihm zuvor.

„Chef, wir hätten da ein paar interessante Neuigkeiten." Häberle rückte seinen kräftigen Körper auf dem Stuhl zurecht. „Na, da bin ich ja mal gespannt. Lass hören Gottfried."

Gottfried Lechner, der schon jahrzehntelang mit Häberle zusammenarbeitete, kramte einen kleinen Notizblock aus der Tasche.

„Also, Dirk von Hohenfelde heißt eigentlich gar nicht von Hohenfelde, sondern Schmitz. Warum, wieso und weshalb er unter falschem Namen eingecheckt hat, wissen wir noch nicht. Aber er war hier sozusagen Stammgast, immer unter diesem Namen. Und jedesmal, wenn er hier war, war eine junge Dame in seiner Begleitung, eine gewisse Jaqueline Koschinski. Ludwig holt sie gerade aus ihrem Zimmer und bringt sie in den Salon „Höllental". Den haben wir zum Verhörraum umfunktioniert. Wenn du also hier so weit bist, könnten wir uns zusammen die junge Dame vornehmen. Ach, und die Kameras im ganzen Gebäude haben seit gestern Abend nichts mehr aufgezeichnet. Offenbar liegt da eine Störung vor, die gerade behoben wird."

Stefan nickte. „Das mit dem falschen Namen erklärt sich bestimmt durch die Anwesenheit seiner weiblichen Begleitung. Und das mit den Kameras ist ärgerlich, aber nun mal nicht zu ändern."

Dann erhob er sich umständlich. „Herr Brunner, Sie halten sich bitte zu unserer Verfügung. Ich denke, ich werde noch das ein oder andere von Ihnen brauchen und habe auch bestimmt noch ein paar Fragen."

Uwe Brunner nickte nur. Mittlerweile war ihm alles egal. Die Gäste würden so oder so Fragen stellen, die Armada an Einsatzfahrzeugen der Polizei vor dem Hotel ließ sich kaum verstecken. Einige der ausländischen Gäste standen schon vor der Tür und machten Fotos und Selfies. Bis ein Beamter sie energisch darauf hinwies, das doch bitte zu unterlassen. Währenddessen war die Spurensicherung im Saunabereich zugange. Sie versuchten, Fingerabdrücke vom Holzgriff der Tür zu nehmen und zu separieren.

Ein eher sinnloses Unterfangen, da der Griff natürlich das am stärksten frequentierte Teil der ganzen Tür war. Auch Fußabdrücke waren hier wenig hilfreich. Der handschriftliche Zettel, der an der Tür gehangen hatte, wies bei erster Betrachtung keinerlei Spuren auf.

„Amännchen, haben wir denn schon irgendwas Brauchbares?" Häberle sprach den Gerichtsmediziner Roland Amann an, der die Leiche mittlerweile näher begutachtet hatte.

„Komm mal hier rein zu mir, ich möchte dir etwas zeigen."

Stefan wuchtete sich in die enge Sauna und ließ sich neben dem Toten auf die Bank fallen. Roland Amann sah ihn missbilligend von der Seite an.

„Guck mal, siehst du das?" Er kippte die Leiche ein wenig nach vorne und zeigte auf den Rücken. Dort waren breite rote Striemen zu sehen.

„Also wenn ich das richtig interpretiere, dann wurde unser Opfer vom Boden aus nach oben auf die Bank gezerrt. Das hier sieht aus, als wäre er mit dem Rücken an der Bankkante entlang geschrappt. Näheres kann ich dir aber auch erst nach der Obduktion sagen. Durch die Überhitzung ist der Todeszeitpunkt schwer einzuschätzen. Ich gehe aber mal davon aus, dass er irgendwann zwischen zwölf und zwei Uhr heute Nacht starb."

Nachdem Häberle noch einen Blick auf die Leiche geworfen hatte, gab er sie frei für die Gerichtsmedizin.

„Dann soll der Bestatter ihn schleunigst zu dir auf den Tisch bringen. Und leg mir einen Zahn zu, bitte. Ich kann ja schließlich hier nicht das gesamte Hotel dichtmachen. Wir brauchen Spuren, Indizien, Beweise, knallharte Fakten... und das nach Möglichkeit schon gestern."

Gottfried nickte. Ein Mord in einem Hotel aufzuklären war ein wenig verzwickt. Mit ganz großem Pech war der Mörder längst abgereist und über alle Berge. Stefan Häberle und Gottfried Lechner machten sich auf den Weg in den Salon, wo Jaqueline bereits auf sie wartete.

Sie setzten sich ihr gegenüber an den Tisch und sahen sie zunächst eine ganze Weile schweigend an. Häberle hatte herausgefunden, dass potentielle Täter dabei schon eine gewisse Nervosität zeigten und vielleicht eher geständig waren. Jaqueline Koschinski schaute aber einfach nur fragend und wartete ab. Gottfried schaltete das Aufnahmegerät ein und Stefan begann mit seiner Befragung.

„Frau Koschinski, in welchem Verhältnis standen Sie zu dem Opfer?"

Natürlich hatte Jacky mit genau dieser Frage gerechnet und beschlossen, gar nicht erst um den heißen Brei herumzureden.

„Herr Schmitz und ich hatten seit neun Monaten eine Affäre und haben uns einmal im Monat hier im Hotel getroffen."

Gottfried schaute leicht konsterniert, Stefan nickte eher beifällig.

„Das heißt, wenn Sie sich hier mehr oder weniger heimlich treffen mussten, haben Sie beide noch andere Partner, richtig?"

Jacky nickte. Stefan fragte weiter. „Und könnte es eventuell sein, dass einer davon von ihrem Verhältnis Wind bekommen hatte? In dem Fall vielleicht ihr Mann?"

Jaqueline sah sich im Raum um und dachte nach. Wenn sie ehrlich war, war das vorhin ihr erster Gedanke gewesen. Roberto war so komisch gewesen, als sie wegfuhr. Was, wenn er ihr nachgefahren war, sich hier heimlich ein Zimmer genommen hatte und seinem Nebenbuhler im passenden Moment den Garaus gemacht hatte?

Nein, ihr Mann war kein Mörder. Obwohl, woher wollte sie wissen, wie er reagierte, wenn er herausfand, dass seine Frau ein Verhältnis mit einem seiner Angestellten hatte.

„Frau Koschinski..." Jacky unterbrach ihn. „Sutter, mein Nachname ist Sutter. Koschinski ist mein Mädchenname. Unter dem habe ich hier immer eingecheckt, wenn wir uns getroffen haben."

Gottfried Lechner schrieb fleißig mit. „Also gut, Frau Sutter. Was genau ist denn gestern passiert?"

Jaqueline schilderte ihm den ganzen Abend, inklusive dem Vorfall im Restaurant. Und das Dirk nach dem Essen nochmal in die Hotelbar wollte.

„Mehr kann ich Ihnen dazu leider nicht sagen. Wir hatten uns noch ziemlich gestritten, unter anderem, weil ich diese Beziehung gestern eigentlich für mich beendet habe. Wissen Sie, Dirk war ein recht anstrengender Mensch, sehr unbeherrscht und rücksichtslos. Mir wurde das alles zu viel, die ganzen Ausreden meinem Mann gegenüber, die Heimlichkeiten und vor allem das Gefühl, benutzt zu werden. Ich wollte eigentlich heute abreisen, obwohl wir noch bis morgen gebucht hatten. Dirk war damit überhaupt nicht einverstanden und hat mir gedroht, meinem Mann alles zu erzählen. Als er dann gegen neun Uhr runter in die Bar ging, habe ich eine Schlaftablette genommen, mich hingelegt und bin erst gegen zehn heute Morgen wieder aufgewacht."

Stefan Häberle und Gottfried Lechner sahen sich an. Das konnte alles stimmen... oder auch nicht. Jacky fühlte sich ziemlich unwohl.

„Wie geht es denn jetzt weiter? Muss ich hierbleiben, oder kann ich zurück nach Zürich fahren? Und kann ich hier in diesem Fall auf Ihre Diskretion hoffen oder wird mein Mann etwas davon erfahren?"

Stefan erhob sich ächzend.

„Also vorerst möchte ich Sie natürlich bitten, das Hotel nicht zu verlassen. Es tut mir ja leid, aber es wäre durchaus möglich, dass wir das Alibi Ihres Mannes überprüfen müssen. Und dann wird er natürlich zwangsläufig von ihren außerehelichen Aktivitäten erfahren."

Jacky wurde blass. Dann flüsterte sie: „Dann würde ich mich jetzt wieder auf mein Zimmer zurückziehen, wenn das in Ordnung ist?"

Stefan nickte. „Natürlich, wir werden uns bei Ihnen melden, wenn wir noch Fragen haben."

Jaqueline verließ mit gesenktem Kopf den Raum. Gottfried sah ihr nachdenklich hinterher.

„Wie eine Lavalampe. Schön anzusehen, aber irgendwie nicht sonderlich hell."

Stefan musste so sehr lachen, dass sein Bauch hüpfte.

„Und vor allen hätte sie ein astreines Motiv. Die Angst, ihr Liebhaber könnte ihrem Mann von ihrer Affäre berichten war offensichtlich ziemlich groß. Sie könnte dem zuvorgekommen sein und ihn zum ewigen Stillschweigen verdammt haben. Aber schauen wir doch erstmal, mit wem sich dieser Schmitz gestern offenbar noch so alles angelegt hat."

Sie gingen zurück ins Restaurant, wo ein Beamter schon alle Gäste und Angestellte versammelt hatte, die den Vorfall am Abend zuvor mitbekommen hatten, beziehungsweise daran beteiligt gewesen waren. Bis jetzt wussten sie alle noch nicht, um was es ging. Natürlich war keinem das riesige Aufgebot an Polizisten und Menschen in weißen Ganzkörper-Anzügen entgangen, aber was nun schlussendlich passiert war würden sie erst jetzt erfahren.

„Herrschaften, wie Sie vielleicht mitbekommen haben ist Herr Dirk Schmitz, den Sie sehr wahrscheinlich nur unter dem Namen „Herr von Hohenfelde" kennen heute Nacht unter noch ungeklärten Umständen ums Leben gekommen. Mein Name ist Hauptkommissar Stefan Häberle von der Kripo Freiburg, das hier ist mein Kollege Gottfried Lechner. Wir bitten Sie nun, der Reihe nach mit uns nach unten in den Verhörraum zu kommen."

Er wandte sich an den etwas kleineren Herren, der links neben ihm stand. „Wie ist Ihr Name?" Der Angesprochene schwitzte.

„Erdmann, Heinz Erdmann. Und ich weiß gar nicht, ob ich Ihnen viel dazu sagen kann." Stefan zeigte ihm mit einer einladenden Handbewegung den Weg und ließ ihn vorgehen.

Er kannte das. Sobald die Menschen die Worte „Kripo", „Kommissar" und „Mord" hörten brach ihnen der Angstschweiß aus. Die meisten bekamen direkt ein schlechtes Gewissen, ohne jemals einer Fliege etwas zuleide getan zu haben.

Währenddessen waren Knut, Kilian, Anita und Ulrike zurück von ihrem Ausflug. Sie hatten sich spontan dazu entschlossen, eine Fahrt mit dem „Hochschwarzwälder Zäpfle-Bähnle" zu unternehmen.

Sie waren in ganz gemächlichem Tempo bis hoch zur Fürsatzhöhe gefahren. Von dort aus kamen sie dann über eine einstündige Rundfahrt zurück zum Titisee. Sie fühlten sich gut und hatten Spaß gehabt. Selbst Anita, der die Fahrerei sehr entgegengekommen war (immerhin hatte sie befürchtet, sie müsste den ganzen Weg zu Fuß gehen). An der Gaststätte „Pferdestall" stiegen sie aus und liefen zurück zum Hotel. Sie kamen an der großen Kuckucksuhr vorbei, die kunstvoll an der Hausseite eines Uhren- und Schmuckgeschäftes aufgezeichnet war. Sie funktionierte und zu jeder halben und vollen Stunde drehte sich oben drüber ein Schwarzwälder Pärchen auf einem Balkon zum Glockenspiel im Kreis. Als sie an besagter Uhr vorbei waren, wurde Knut die Einsatzfahrzeuge gewahr. Und sofort prickelte es in seinem Blut.

„Ui, was ist denn da los?"

Anita lief einige Schritte voraus und reckte den Hals. Knut und Kilian sahen sich in fast schon stillem Einverständnis an. Sie würden mal ganz vorsichtig fragen, vielleicht konnten sie ja irgendwie behilflich sein.

Kilian raunte Knut ins Ohr: „Guck mal, da steht sogar ein Auto der KTU. Also um Handtaschenraub geht's hier wohl eher nicht."

Noch bevor sie an der Rezeption irgendetwas fragen konnten, wurden sie von Angelika Tischenreuther angesprochen.

„Herr Hansen, Herr Brandner, gut, dass sie da sind. Unser Barkeeper hat gesagt, sie hätten den Abend gestern mit Herrn von Hohenfelde verbracht. Also eigentlich Herrn Schmitz. Auf jeden Fall sollen Sie sich wegen einer Vernehmung zur Verfügung halten. Vielleicht möchten Sie sich ins Restaurant begeben. Dort warten schon die anderen Herrschaften, die von der Polizei noch vernommen werden sollen."

Kilian pfiff leise durch die Zähne und kombinierte sofort. „Ich könnte wetten, den hat jemand ums Eck gebracht." Knut nickte zustimmend.

Anitas Tratschsinn war auf der Stelle geweckt.

„Das war bestimmt diese scharfe Blondine, mit der er gestern Nachmittag drüben in diesem Café gesessen hat. Erinnert ihr euch? Die sah überhaupt nicht glücklich aus."

Ulrike schüttelte lächelnd den Kopf.

„Ich würde das jetzt nicht so auf Anhieb pauschalisieren. Nicht jede Frau, die unglücklich in ihrer Beziehung ist begeht gleich einen Mord."

Anita funkelte hinüber zu Knut. „Mag ja sein, aber verstehen könnte ich sie allemal."

Knut enthielt sich wohlweislich jeglichen Kommentars. Sie setzten sich an den Tisch, an dem sie heute Morgen schon zum Frühstück gesessen hatten.

„Könnten wir einen Kaffee bekommen, oder ist das jetzt gerade schlecht?"

Kilian sprach die junge Bedienung an, die Dirk am Abend zuvor den Wein übergekippt hatte. Sie sah hilfesuchend zu ihrer Chefin, Vroni Assmann. Die nickte.

„Warum eigentlich nicht? Ich denke, einen Kaffee können wir jetzt alle gut gebrauchen."

Rundherum herrschte zustimmendes Gebrummel. Heinz Erdmann kam zurück. Er war mittlerweile kreidebleich und am Ende seiner Nerven. Hildegard Lüttenrieder setzte sich zu ihm und sah ihn mitfühlend an.

„War es arg schlimm?" Heinz rückte sich im Stuhl zurecht und gab sich ganz gelassen.

„Ach was, ich habe denen ganz klar und deutlich gesagt, was ich von diesem Schnösel gehalten habe. Offenbar hat dem tatsächlich jemand das Licht ausgeknipst und die waren sich nicht sicher, ob ich das nicht hätte gewesen sein können. Weil ich doch so mit ihm aneinandergeraten bin. Aber ich konnte denen glaubhaft vermitteln, dass ich ein ehrenwerter Mann bin, der es vorzieht, sich mit Worten, anstatt mit Taten zu duellieren."

Er plusterte sich regelrecht auf und schien Hildegard mit seinen Worten auch durchaus beeindruckt zu haben. Der Reihe nach wurden die noch restlichen Anwesenden in den provisorischen Verhörraum gebracht. Als Knut an der Reihe war fragte er den zuständigen Beamten, ob er und Kilian nicht zusammen zum Verhör gehen könnten.

Zum einen seien sie Polizeikollegen, zum anderen hätten sie ja sowieso den Abend gemeinsam verbracht, zusammen mit Olaf und eben diesem Dirk. Der Beamte zuckte nur mit den Schultern und schickte sie ins Untergeschoss.

„Moin, Knut Hansen, Hauptkommissar Kripo Wyk und das ist mein Kollege, Kilian Brandner, Hauptkommissar von der Kripo Flensburg."

Kilian neben ihm prustete los. „Alter, „Kripo" Wyk? Dein Ernst??" Er lachte lautlos in sich hinein.

Knut schüttelte kurz den Kopf, dann trat er entschlossen vor an den Tisch. Gottfried Lechner erhob sich, Stefan Häberle blieb sitzen.

„Oh, Kollesche. Gudda morga, wobei, jetzt isses jo schunn fascht eher Daag."

Knut war innerlich völlig entsetzt. Er raunte Kilian zu: „Der will uns doch verarschen, oder? Warum muss man mich denn immer wieder jeder mit irgendwelchen Dialekten quälen?"

Er verzog das Gesicht. Als Kilian damals mit seinem „Grüß Gott" in die Wache gefegt gekommen war hätte er ihm am liebsten auf der Stelle ein paar aufs Maul gehauen. Dass er hier im süddeutschen Raum als waschechter Norddeutscher gerade die absolute „Dialektminderheit" darstellte interessierte ihn allerdings wenig.

Häberle wechselte zurück ins Hochdeutsche und bat die Beiden, Platz zu nehmen.

„Nun, ihr habt bestimmt schon mitbekommen, dass wir hier mit großer Sicherheit in einem Mordfall ermitteln. Dirk Schmitz kam gestern Nacht unter noch ungeklärten Umständen in der Sauna ums Leben. Alles spricht dafür, dass da irgendjemand nachgeholfen hat. Wir wissen nur noch nicht, wie. Da wird uns hoffentlich die Gerichtsmedizin bis morgen Genaueres sagen können.

Laut Barkeeper habt ihr Beiden den gestrigen Abend mit ihm und einem gewissen Olaf Kuhn zusammen verbracht. Also, was könnt ihr zu der Lösung des Falls beitragen?"

Knut und Kilian sahen sich an. Offenbar waren die beiden Freiburger Kommissare noch nicht wirklich weit gekommen. Sie schilderten fast minutiös, wie der vergangene Abend abgelaufen war.

„Wir haben Dirk noch gefragt, ob er es für eine gute Idee halten würde, jetzt noch in die Sauna zu gehen. Er hatte einen ziemlich roten Kopf und wohl auch schon den ganzen Tag Kopfschmerzen gehabt. Ausserdem haben wir einiges zusammen weggepichelt und waren alle nicht mehr ganz nüchtern."

Gottfried schrieb, Stefan überlegte.

„Und der andere, dieser Olaf Kuhn. Was war mit dem?"

Kilian zuckte mit den Schultern.

„Keine Ahnung, das war eher so ein Ruhiger. Hat nicht viel gesagt, schien aber ganz nett zu sein. Er wäre wohl von seiner Tante hierher eingeladen worden, die feiert heute hier ihren 80. Ansonsten mochte ich den fast ein bisschen lieber, weil er nicht so ein Aufschneider war wie dieser Schmitz. Da kamen nur blöde, meist sexistische Sprüche, einer nach dem nächsten. Kein wirklich netter Mensch, meines Erachtens."

Knut nickte zustimmend. „Ne, also dieser Olaf war echt nett, angenehm und freundlich. Den Schmitz mochte ich auch nicht. Also ohne Jahrgangschampagner im Kopf hätte ich meinen Abend wohl eher nicht mit dem zusammen verbracht."

Häberle hatte noch nicht viel zu alledem gesagt. Er war sich aber sicher, dass die beiden Kollegen ihm die Wahrheit erzählten. Das

Gefühl hatte er heute bisher eher selten gehabt.

„Also fassen wir mal zusammen: Ihr seid zu dritt gegen halb zwölf nach oben in eure Zimmer gefahren. Und dann recht schnell geschlafen, nehme ich an?"

Knut stimmte eifrig zu, während Kilian sich bis auf ein kleines verschämtes „fast" jeglichen Kommentars enthielt.

„Habt ihr denn schon einen Verdächtigen?" Knut fragte ganz beiläufig, so, als würde er sich nach dem Wetter erkundigen. Häberle zog die Augenbrauen hoch.

„Ehrlich gesagt hätte jeder, den wir bisher verhört haben ein Motiv gehabt. Dieser Schmitz muss wohl ein echter Granatenidiot gewesen sein. Ich habe hier noch vier auf meiner Liste, bin mal gespannt, was ich da noch für Geschichten zu hören bekomme."

Knut kribbelte es in den Fingern, aber natürlich kannte er auch schon die Antwort auf seine nächste Frage.

„Sollen wir euch ein wenig unter die Arme greifen? Also können wir euch irgendwie behilflich sein?"

Gottfried Lechner prustete empört. Stefan warf einen beschwichtigenden Blick zu ihm hin.

„Nun, ich denke, ihr wisst selbst, dass das selbstverständlich nicht möglich ist." Er lächelte sanft.

„Solltet ihr irgendetwas mitbekommen, was für unsere Ermittlungen relevant sein könnte dann informiert ihr uns bitte zeitnah. Und natürlich auch, wenn euch noch etwas einfallen sollte. Aber das brauche ich euch ja wohl bestimmt nicht zu sagen."

Knut und Kilian waren ein ganz kleines bisschen enttäuscht, auch wenn sie selbstverständlich wussten, dass der Schwarzwald so rein gar nichts mit ihrem Zuständigkeitsbereich zu tun hatte.

„Also dann, viel Erfolg und noch fröhliches Täterfangen."

Als Kilian und Knut vor der Fahrstuhltür standen waren sie sich stillschweigend darüber einig, dass sie sich einfach mal ein wenig umhören würden. So ein Mord am Titisee, das war doch ungefähr so Besonders wie ein Mord auf Wyk. Und das würden sie sich bestimmt nicht entgehen lassen.

Kapitel 6 – Knut, Kilian und die Schwaben

Sie saßen wieder zu viert im Restaurant „Bergsee®" und studierten gerade die Speisekarte. Knut orderte ein „Schwarzwälder Rumpsteak" mit Waldpilzsoße, gebratenem Speck und Kräuterbutter, Kilian hatte sich für die Ochsenbrust entschieden. Anita und Ulrike aßen beide ein Putenschnitzel mit Ofenkartoffeln und Sour Cream. Während sie auf das Essen warteten, gab es natürlich nur ein einziges Thema.

„Und? Was sagt ihr zu all dem?" Knut sah in die Runde. Ulrike hatte sich bisher aus den „Ermittlungsgesprächen" rausgehalten. Sie wollte Anita nicht das Gefühl vermitteln das fünfte Rad am Wagen zu sein.

Aber natürlich beschäftigte sie der Fall rein beruflich genauso. Anitas „ermittlerische" Neugier schien allerdings ebenso geweckt zu sein, zumindest beteiligte sie sich rege an den Gesprächen. Ulrike überlegte.

„Also ich würde ja am ehesten die Freundin nochmal genauer unter die Lupe nehmen. Ich finde, sie hat das stärkste Motiv bisher. Schmitz war ja offenbar ein Depp wie er im Buche steht, wenn ICH seine Freundin gewesen wäre, hätte ich ihn wahrscheinlich auch am liebsten ums Eck gebracht."

Anita pflichtete ihr bei.

„Seht ihr, das habe ich doch von Anfang an gesagt. Ich könnte wetten, die wollte ihn loswerden." Kilian starrte Löcher in die Luft.

„Ich weiß nicht, wäre das nicht irgendwie zu einfach? Mord aus Angst, dass der gehörnte Ehemann davon erfährt? Was meinst du dazu, Knut?"

Knut hatte Hunger und war im Moment daher eher meinungslos.

„Keine Ahnung, ich finde es aber zum Beispiel äußerst spannend, dass der Täter oder die Täterin sogar so weit dachte, ein Schild an die Sauna-Tür zu hängen und somit verhinderte, dass man den Toten gleich heute morgen fand. Genau genommen hätte es ihm oder ihr somit genügend Zeit gegeben, die Biege zu machen. Ein ziemlich cleverer Schachzug, wenn ihr mich fragt."

Jetzt begann er dann doch, zu überlegen.

„Man müsste sich jetzt also vorrangig um die Abreisen von heute morgen kümmern."

Kilian nickte anerkennend.

„Guter Denkansatz. Aber ich gehe doch mal stark davon aus, dass unser rundlicher Freiburger Kollege da auch schon drüber nachgedacht hat." Ulrike musste lachen.

„Das hast du jetzt aber sehr nett formuliert. Ich finde ihn zwar auch recht kräftig gebaut, aber er scheint dennoch zu wissen, was er macht. Jedenfalls war das mein erster Eindruck."

Kilian sah Knut an.

„Also ICH glaube ja, dieser Häberle könnte froh sein, wenn ihm zwei kompetente norddeutsche Kollegen ein wenig unter die Arme greifen würden, was meinst du?"

Knut verzog ein wenig die Lippen. Dann griente er.

„So ein bisschen bei dem ein oder anderen nachfragen kann ja bestimmt nicht schaden." Er wandte sich an Anita und Ulrike.

„Und ihr beiden Mädels macht euch morgen doch einfach mal einen richtig schönen Wellness-Tag."

Er strich Anita, die neben ihm saß über den Rücken und lächelte sie liebevoll an. Anita war völlig perplex, so zärtlich und zuvorkommend kannte sie Knut noch gar nicht. Sie nickte fröhlich.

„Also gut, dann tut ihr Zwei mal, was ihr nicht lassen könnt und Ulrike und ich lassen uns dafür so richtig verwöhnen. Ach, das wird bestimmt herrlich." Sie strahlte.

Ulrike lächelte zurück, auch wenn sie insgeheim natürlich auch gerne ihre Nase ein wenig in den Fall gesteckt hätte. Aber erstens waren sie auf Urlaub hier und zweitens wusste sie, dass Knut und Kilian bestimmt gerne ein bisschen Zeit für sich alleine hatten, ohne Frauen. Sie erhob ihr Bierglas.

„Na dann, auf noch drei wunderschöne, entspannte und erfolgreiche Tage."

Nach dem Essen spazierten sie runter ans Ufer des Titisee. Es war noch hell, die Sonne schien und die Luft fühlte sich mild und angenehm an. Ulrike und Kilian machten ein paar Pärchen Fotos, während Anita den Enten das Brötchen verfütterte, das sie heute Morgen beim Frühstück heimlich in ihre Tasche hatte verschwinden lassen. Knut beobachtete sie.

Seit sie hier waren wirkte seine Freundin ausgeglichener und fröhlicher, und er musste zugeben, dass er das sehr genoss. Spontan ging er zu ihr hin, nahm sie in den Arm und drückte ihr einen Kuss auf die Wange.

„Na? Auch Lust auf ein schönes Bild?"

Sie hatte ihn schon öfter gefragt, ob sie nicht mal ein gemeinsames Foto machen wollten, und er hatte das immer kategorisch abgelehnt. Sie nickte.

„Klar, wo soll ich mich hinstellen?"

Anita war der Meinung, Knut wolle sie fotografieren und suchte sich nun eine schöne Stelle am Ufer.

„Nein, ich meine ein Bild von uns beiden. So ein Pärchen Foto, du weißt schon." Anita sah ihn völlig entgeistert an. „Knut Hansen, bekommt dir die Höhenluft nicht?"

Er zuckte leicht mit den Schultern.

„Willste jetzt oder willste nicht?"

Sie stürzte ihm jubelnd in die Arme, die Passanten um sie herum schauten lächelnd zu ihnen herüber. Knut war es für einen Moment peinlich, dann holte er sein Handy heraus, stellte sich und Anita in Position und drückte ab.

Beim Betrachten des Ergebnisses fiel ihm auf, dass man von ihnen beiden nur die Hälfte des Gesichtes und ein bisschen Wasser im Hintergrund sah. Anita war dementsprechend auch eher nur halbbegeistert.

Kilian hatte die Bemühungen seines Kollegen schmunzelnd verfolgt.

„Soll ich euch fotografieren? Also so mit GANZEM Gesicht?" Er lachte.

Knut reichte ihm sein Handy und murmelte so etwas ähnliches wie „Klugscheisser". Dann drapierte er sich mit Anita vorm Titisee und legte ihr den Arm um die Hüfte. Anita schmiegte sich an ihn und Kilian knipste.

Als sie beide sich das Bild betrachteten, wischte sich Anita sogar eine Träne der Rührung aus den Augenwinkeln. Für Knut war die Romantik-Grenze genau in diesem Moment vollkommen erreicht.

„Ich wäre jetzt für ein schönes großes Eis, so als perfekten Tagesausklang. Was meint ihr?"

Sie schlenderten die Straße hoch, vorbei an den vielen Geschäften und Souvenirläden. Fast am Ende der Straße, gegenüber der Apotheke, in der sich Knut heute morgen Kopfschmerztabletten besorgt hatte, befand sich auf der linken Seite das Eiscafé „Dolomiti".

Knut rieb sich die Hände. So ein richtig schöner Eisbecher war genau das, was er jetzt brauchte. Einige Zeit später leckte er genüsslich seinen Löffel ab, nachdem die letzte

Kugel seines Bananen Split in ihm verschwunden war.

„Fast so gut wie beim „Eis-Dänen". Aber halt auch nur fast."

Dort in der Königstraße in Wyk gab es das beste dänische Softeis, das er jemals gegessen hatte.

„Zufrieden, mein kleines Schleckermäulchen?" Anita sah ihn amüsiert an. Wobei sie zugeben musste, dass ihr Spaghetti-Eis auch richtig lecker gewesen war. Sie flanierten zurück und machten noch einen kleinen Abstecher in die Strandbar „Heimathafen".

Dort saßen sie in den tiefen Liegestühlen, von denen Anita behauptete, sie würde nie wieder alleine daraus aufstehen können. Dann genossen sie mit einem kühlen Bier in der Hand den Blick auf die Sonne, die langsam hinter den Tannenwipfeln verschwand.

Währenddessen saßen Stefan Häberle und sein Kollege Gottfried Lechner immer noch im Salon „Höllental" und verhörten die Gäste, die mit dem Opfer Dirk Schmitz zu tun gehabt hatten. Vor einer Viertelstunde hatten sie Konstanze Meyer verhört. Die hatte im Restaurant neben Schmitz und seiner Freundin am Tisch gesessen und war in einen Streit mit ihm geraten. Sie zeigte ihnen das Bild, dass sie von ihm gemacht hatte und Stefan fragte, wofür sie das denn bräuchte.

„Wissen Sie Herr Kommissar, ich habe eine Frauengruppe gegründet, die „Fantastic Feminins". Wir haben es uns zur Aufgabe gemacht, jungen Mädchen und Frauen zu zeigen, was doch für abscheuliche Exemplare in der Männerwelt zu finden sind. Und ganz oft ist es der gleiche Typus Mann wie dieser von Hohenfelde, der denkt, er wäre unwiderstehlich und könnte sich uns Frauen gegenüber alles erlauben. Dieser Cretan war das bildhafte Beispiel dessen, was wir in Bezug auf unseren Gruppenkontext als verabscheuungswürdig erachten und von daher bemüht sind, jede Frau vor solchen Widerlingen zu warnen. Ich werde sein Bild als bestes Beispiel dafür ausgedruckt in unserem Gruppenraum aufhängen." Sie sah die beiden Kommissare an.

„Ich hoffe, das ist in Ordnung? Immerhin ist er ja nun tot und es dürfte ihm reichlich egal sein, nicht wahr?" Sie erhob sich.

„Ich denke, wir hätten an der Stelle alles geklärt, oder? Fakt ist, dass ich ihn selbstverständlich NICHT umgebracht habe, aber die Tat durchaus nachvollziehen kann."

Stefan nickte ihr zu und sie schlurfte lässig winkend aus dem Raum. Gottfried rauschte es in den Ohren. „Jesses, die hat ja mehr Haare auf den Zähnen als ich auf dem Kopf."

Danach hatte die junge Kellnerin Maria Fernández den gestrigen Abend geschildert. Mit sehr gebrochenem Deutsch, viel Temperament und glühenden Augen hatte sie den beiden Hauptkommissaren berichtet, dass sie aus Versehen ein Glas Rotwein über Schmitzens Hose gekippt hatte und dass er danach fast explodiert wäre.

„Dieser Bastarda schreien so laut, Ohren fast kaputt, ich viel weinen. Dann Vroni sagen, ich leise sein soll. Also ich wünsche ganz leise muerte dolorosa. Sie verstehen? Viel Tod, nicht schön für hombre malado!"

Sie schnaubte wütend und machte eine sehr abfällige Handbewegung. Letzteres hatte Stefan ganz frei als „böser Mann" übersetzt.

„Danke Frau Fernández, sie dürfen jetzt gehen. Und nehmen Sie sich die Sache nicht allzu sehr zu Herzen."

Maria stand auf und nickte. Der Kommissar schien nett zu sein, daher schenkte sie ihm noch ein bezauberndes Lächeln, bevor sie mit einem sanften „Buenas noches" zur Tür hinausglitt.

Gottfried sah Stefan an. „Die fand dich gut, hast du das gesehen?" Stefan lachte laut.

„Natürlich, ich bin ja auch der Brad Pitt vom Titisee, nicht gewusst?" Er schüttelte den Kopf.

„Ne, jetzt mal im Ernst. Traust du unserer heißblütigen Spanierin einen Mord zu?"

Gottfried sah auf seine Notizen.

„Ganz ehrlich? Sie hatte eine unbändige Wut auf Schmitz, außerdem war sie um die Tatzeit herum noch im Haus und hätte mühelos als Hotelangestellte diesen Zettel an der Tür anbringen können, ohne dass jemand Verdacht geschöpft hätte."

Stefan grübelte. Sein Kollege hatte zwar recht, aber trotzdem konnte er sich diese zierliche junge Frau nicht als Mörderin vorstellen. Sie mussten sich erst noch den Rest der Verdächtigen zur Brust nehmen, bevor sie den Kreis enger ziehen konnten. Er schob sich eine Erdnuss nach der nächsten in den Mund und kramte gleichzeitig mit der anderen Hand in seiner Jackentasche.

„Wird dir eigentlich nicht schlecht, wenn du die ganze Zeit nur Nüsse isst?"

Gottfried war es zwar gewohnt, dass sein Kollege ständig irgendetwas kaute, aber das Zermalmen der Nüsse zwischen dessen Zähnen machte ihn gerade völlig nervös. Stefan kaute unbeirrt weiter.

„Doch, deshalb suche ich ja auch den Schokoriegel, den ich hier irgendwo in der Tasche hatte. Wen haben wir noch alles auf der Liste?"

Gottfried blätterte wieder in seinen Notizen. „Als nächstes hätten wir Adelheid Ansbacher, dann eine Susanne Rohde und als letztes Olaf Kuhn. Für heute wäre es das dann erstmal." Er gähnte.

Mittlerweile war es fast halb neun abends. Sie würden später noch nach Freiburg zurückfahren, aber erst, wenn die Vernehmungen hier beendet waren. Sie ließen sich noch einen Kaffee bringen und holten dann Adelheid Ansbacher in den Raum. Die hatte heute ihren 80. Geburtstag und war ausgesprochen fröhlich. Was natürlich auch an dem Sekt liegen konnte, dem sie im Laufe des Tages reichlich zugesprochen hatte.

Auf jeden Fall freute sie sich, dass sie nun Teil eines echten Verbrechens sein durfte. Adelheid liebte Krimis. Sie sah sich so gut wie jeden Tatort im Fernsehen an, am liebsten mochte sie Folgen aus Münster, Stuttgart, München und Köln. Und sie versuchte jedesmal mitzuraten, wer am Ende der Mörder war. Dabei lag sie allerdings konsequent immer völlig daneben. Auch dieses Mal hatte sie sich natürlich schon den ein oder anderen Gedanken zu dem Mord und dem potentiellen Täter gemacht. Sie lehnte sich vor über den Tisch und flüsterte vertraulich:

„Wissen Sie, ich glaube ja, das war der Hoteldirektor. Der schleicht schon den ganzen Tag mit so einem gehetzten Blick durch die Gegend, so als hätte er Dreck am Stecken."

Sie lehnte sich wieder zurück und verschränkte die Arme vor der Brust. Stefan war kurz irritiert.

„Wissen Sie denn da vielleicht mehr als wir? Also haben sie irgendetwas gehört oder gesehen?"

Adelheid sah sich lauernd im Raum um. Das, was sie jetzt zu sagen hatte war nicht für jedermanns Ohren bestimmt. Da sie aber sowieso nur zu dritt im Raum waren bestand in der Hinsicht keinerlei Gefahr. Sie beugte sich wieder nach vorne und holte tief Luft.

„Ich konnte gestern nicht schlafen, weil ich ein wenig aufgeregt wegen dem heutigen Tag war. Man wird ja schließlich nicht jeden Tag 80.

Also bin ich nochmal raus auf den Balkon. Und da habe ich den Direktor unten am See stehen sehen. Genau gegenüber vom unteren Eingang zum Schwimmbad. Da war eine blonde Frau bei ihm. Die beiden haben erst getuschelt und dann haben sie sich ganz lange und ziemlich wild geküsst.“

Sie kicherte wie ein kleines Schulmädchen. Gottfried und Stefan horchten auf.

„Wissen Sie noch ungefähr, um wieviel Uhr das war?“

Adelheid wippte leicht vor und zurück und machte dabei „hmmmmm“.

Offenbar dachte sie angestrengt nach. Dann schnalzte sie mit der Zunge.

„Ach, natürlich weiß ich das.“ Ihr Gesicht erhellte sich und sie strahlte.

„Es muss circa viertel nach zwölf gewesen sein. Meine beiden Nichten, die leider heute nicht dabei sein konnten, haben mir nämlich um Punkt zwölf Geburtstagswünsche auf mein Handy geschickt, und dafür habe ich mich im Anschluss gleich bedankt.

Danach bin ich raus auf den Balkon. Und da habe ich die Zwei beobachtet."

Sie schien ziemlich stolz auf sich zu sein. Stefan schlug die Füße übereinander.

„Und Sie sind sich ganz sicher, dass das der Hoteldirektor Herr Brunner war? Also haben Sie ihn klar und deutlich erkannt?"

Er kannte das von seiner sehr betagten Mutter. Die behauptete auch immer felsenfest, etwas gesehen zu haben, was in Wirklichkeit gar nicht da war. Meistens lag das an der nicht aufgesetzten Brille. Adelheid Ansbacher wirkte entrüstet.

„Also hören Sie mal junger Mann. Unterstellen Sie mir hier etwa gerade, ich würde lügen? Ich weiß, was ich gesehen habe. Und das war definitiv der Hoteldirektor!"

Gottfried rieb sich müde über die Augen. „Gut Frau Ansbacher. Dann bedanken wir uns recht freundlich für diese Information. Für heute dürfen Sie gehen. Aber es könnte durchaus sein, dass wir Sie nochmal brauchen. Und noch viel Spaß auf Ihrer Geburtstagsfeier."

Adelheid erhob sich. „Immer wieder gerne, vielen Dank. Sie sollten sich nur ein wenig beeilen, morgen reise ich nämlich wieder ab."

Mit diesen Worten nickte sie den beiden Kommissaren hoheitsvoll zu und verließ ohne ein weiteres Wort den Raum. Stefan Häberle hielt sich die Hand vor den Mund und unterdrückte ein Gähnen.

„Dann haben wir nun also noch einen Verdächtigen mehr auf der Liste. Vielleicht war die blonde Frau ja diese Jaqueline Koschinski, dann hätten wir wenigstens gleich ein Motiv." Er verzog fast schon spöttisch die Mundwinkel.

„Ich glaube, wir reden jetzt nur noch kurz mit dieser Frau Rohde, den Rest machen wir morgen. Vor allem müssen wir uns dann um Uwe Brunner kümmern."

Gottfried sprach in sein Funkgerät. „Paula, schickst du uns mal Susanne Rohde in den Verhörraum bitte?"

Es war inzwischen zehn Uhr abends und sie waren noch kein Stück vorangekommen. Es klopfte. Stefan rieb sich kurz die Augen und blinzelte ein paarmal, dann bat er Frau Rohde herein und ließ sie Platz zu nehmen. Laut Personalien war sie 45 Jahre alt, kam aus Stuttgart und war gestern hier im Hotel zusammen mit einem gewissen Alfred Rohde eingecheckt. Die Frau sah sehr müde aus und wirkte auf seltsame Art und Weise unglaublich erschöpft.

„Geht es Ihnen gut, Frau Rohde? Sollen wir Ihnen ein Glas Wasser bringen lassen?"

Susanne nickte dankbar, auch wenn ihr ein Glas Wein jetzt erheblich lieber gewesen wäre. Stefan begann mit der Befragung.

„Sie kommen aus der gleichen Stadt wie unser Opfer. Sie kannten sich aber nicht rein zufällig, oder?"

Susanne Rohde senkte den Kopf, dann antwortete sie leise.

„Doch, wir kannten uns... Dirk war mein Ehemann."

Sofort waren Stefan und Gottfried wieder hellwach und rutschten beide fast gleichzeitig auf ihren Stühlen nach vorne. Gottfried sprang auf und lief ein paar Schritte durch den Raum.

„Wieso sagen Sie uns das erst jetzt? Warum haben Sie uns nicht gleich informiert, dass der Tote ihr Ehemann ist?"

Gottfried war völlig außer sich. Stefan sah ihn fragend an.

„Frau Rohde, nun mal der Reihe nach: Wieso haben Sie uns das nicht schon früher gesagt?"

Susanne blickte zur Decke und atmete tief ein. Dann begann sie, zu erzählen.

„Ich habe unter dem Namen meines Freundes eingecheckt, weil ich nicht gleich von Anfang an einen Zusammenhang schaffen wollte. Gleicher Nachname, gleiche Stadt, das hätte vielleicht die Aufmerksamkeit des Hotelpersonals erregt. Und das wollte ich vermeiden, schließlich wollte ich meinen Mann ja in flagranti erwischen. Dass mein Mann auch unter einem anderen Namen eincheckte konnte ich ja nicht wissen.

Ich habe ihn gestern Abend mit seinem Betthäschen beobachtet. Er hat sich mal wieder völlig danebenbenommen und sie tat mir fast schon ein wenig leid. Dirk war

Außenhandelsvertreter und kam dementsprechend viel herum. Und ich weiß, dass er fast in jeder Stadt eine Andere hatte, mit der er hin und wieder die Nacht verbracht hat. Zwei davon haben mich mittlerweile kontaktiert und haben mich quasi gewarnt.

Mein Mann sei ein arrogantes Arschloch und würde mich nach Strich und Faden betrügen. Dass Dirk nie der Treueste war wusste ich von Anfang an. Aber ich wurde nach der Heirat recht schnell schwanger und meine sehr katholischen Eltern hätten einer Scheidung niemals zugestimmt. Eher hätten sie mich verstoßen. Also habe ich seine kleinen Betrügereien immer stillschweigend hingenommen.

Jetzt aber, nachdem ich erfahren habe, dass er mich seit über neun Monaten mit der Frau seines Chefs betrügt, wollte ich ihn endlich zur Rede stellen, ihm alle seine Vergehen und seine Spielchen an den Kopf werfen. Und dann hätte ich ihm die Scheidungspapiere vor die Füße geknallt.

Jetzt bin ich endlich in einem Alter und in der Position, wo es mir egal ist, was meine Eltern davon halten. Ich möchte einfach nur frei sein und irgendwann wieder glücklich werden. Verstehen Sie das?"

Ihre Augen wirkten so leer und traurig, dass Stefan auf der Stelle Mitleid mit der attraktiven, sehr zerbrechlich wirkenden Frau bekam.

„Frau Schmitz, wo waren Sie gestern Nacht zwischen null und zwei Uhr?"

Susanne Schmitz überlegte nicht lange.

„Ich war oben in meinem Zimmer, dritter Stock, Zimmernummer 301. Nachdem ich seinen „Auftritt" im Restaurant mitbekommen hatte, hatte ich die Schnauze voll und bin recht schnell zurück auf mein Zimmer. Mein Freund Alfredo war bei mir und hat mir gut zugeredet.

Dass ich das heute durchziehen soll, dass ich so viel mehr wert bin als diese Schmach, die ich nun mehr als 10 Jahre lang ertragen habe. Er kann Ihnen bestimmt gerne bezeugen, dass wir noch die halbe Nacht geredet haben."

Fast ein wenig kampfeslustig reckte sie das Kinn nach vorne.

„Wie geht das denn jetzt weiter? So wie die Sache aussieht, werde ich mich ja um die Beisetzung kümmern müssen, richtig?"

Stefan nickte. „Es bleibt natürlich Ihnen überlassen, ob Sie für Ihren Mann eine Beerdigung planen möchten oder ihn einfach anonym irgendwo vergraben lassen. Wie lange Ihr Mann noch beschlagnahmt ist, kann ich Ihnen aktuell nur noch nicht sagen.

Aber Sie können sich gerne schon mal um die notwendigen Formalitäten für die Beisetzung kümmern, erwartungsgemäß dauert das ja auch seine Zeit."

Susannes Blick war weiterhin gleichgültig.

„Gut, ich denke, das werde ich sehr wahrscheinlich tun. Ich informiere Sie allerdings auch gleich, dass ich morgen früh abreisen werde. Die Unterstellung, ich hätte meinen Mann umgebracht ist vollkommen haltlos und nahezu absurd. Sollte Ihnen im Laufe des Abends noch irgendwas wahrscheinlich völlig Sinnloses einfallen wissen Sie ja, wo Sie mich finden. Ansonsten hoffe ich doch sehr, dass Sie mich nicht weiter behelligen. Ich habe gerade meinen Mann und den Vater unseres Sohnes verloren und erwarte ein klein wenig mehr Verständnis und Pietät."

Gottfried hob die Augenbrauen und winkte ab.

„Im Moment haben wir keine weiteren Fragen mehr, sollten wir noch Fragen haben werden wir auf Sie zukommen."

Susanne sah beide Kommissare fast schon abweisend an und verließ dann wortlos den Raum. Stefan ließ kurz den Kopf hängen und seufzte.

„Also so ganz langsam gehen die mir echt alle auf den Geist. Für heute ist Schluss würde ich sagen. Vielleicht gibt es ja morgen auch schon etwas Neues aus der Gerichtsmedizin. Ich hätte gerne noch ein paar mehr Beweise und Fakten. Gerade ist das alles noch recht dünn hier."

Er räumte seine Papiere auf dem Tisch zusammen.

„Als Allererstes nehmen wir uns morgen den Hoteldirektor vor, danach den Freund von der Schmitz. Und dann sehen wir weiter. Und dieser Olaf Kuhn steht ja auch noch auf unserer Liste. An Arbeit wird es uns also nicht mangeln, befürchte ich. Darum ab ins Bett, wir treffen uns morgen früh um sieben wieder hier."

Als sie das Hotel verließen, wurden sie heimlich beobachtet.

Knut und Kilian saßen auf einer der cremefarbenen Couchen in der Hotelbar und dachten angestrengt nach. Sie hatten gerade ausgiebig gefrühstückt und ihre Damen waren auf dem Weg ins hoteleigene Spa. Die würden für die nächsten zwei Stunden nun erstmal beschäftigt sein.

„Wie wollen wir's angehen? Reden wir mal mit ein paar Leuten, oder sehen wir uns einfach mal ganz unverbindlich um?"

Knut hatte das Kinn in seine rechte Hand gelegt und tippte sich mit dem Zeigefinger auf die Backe. Kilian spielte mit seinen Händen, er wusste auch nicht so genau, wie sie in dem Fall ein bisschen mitmischen könnten, ohne dass man ihnen an den Karren fahren konnte.

„Also ich wäre ja dafür, dass wir uns hier erstmal ein wenig umsehen. Und vielleicht sollten wir einfach Augen und Ohren offenhalten. Ich glaube ja, dass sich der potentielle Mörder oder die Mörderin irgendwann von selbst verrät. WENN er überhaupt noch hier im Haus ist."

Knut sah Kilian fragend an.

„Was meinst du mit „er verrät sich selbst?" Kilian fuchtelte mit den Händen.

„Sollte unser Mörder sich noch hier im Haus befinden, dann wird er oder sie alles daransetzen, dass die Ermittlungen und Verhöre schnellstmöglich beendet werden. Umso eher kehrt wieder Ruhe ein und das Verbrechen bleibt ungesühnt. Also wird er versuchen, so unauffällig wie möglich Erkundigungen darüber einzuziehen, wie weit die Ermittlungen inzwischen sind. Ich würde sagen, wir hören den anderen Gästen einfach richtig gut zu."

Knut war beeindruckt. Das machte durchaus Sinn.

„Das heißt, wir bestellen uns jetzt noch einen Kaffee und plaudern mit den Leuten, die hier am Tisch vorbeikommen? Oder gehen wir eine Runde schwimmen und gucken mal, wer sich dort alles so rumtreibt?"

Kilian deutete mit dem Zeigefinger auf ihn.

"Das mein lieber Kollege ist eine brillante Idee. Also dann, werfen wir uns in unsere Badehosen und verbinden das Angenehme mit dem Nützlichen."

Stefan und Gottfried saßen seit sieben Uhr morgens im Salon „Höllental" und hatten schon Uwe Brunner, den Hoteldirektor verhört. Der hatte ihnen glaubhaft versichert, dass es sich bei der blonden Dame um seine Lebensgefährtin Lena handelte, die er abends am See so innig geküsst hatte. Ausserdem war die Tür, die vom Schwimmbadbereich Richtung See führt, abends ab 22 Uhr geschlossen.

Da Brunner keinerlei Motiv hatte und Gottfried telefonische Rücksprache mit besagter Lena geführt und die sein Alibi bestätigt hatte, konnte er wieder seiner eigentlichen Arbeit nachgehen.

„Als Nächstes haben wir Alfred Rohde auf der Liste. Ich glaube, ich brauche aber vorher noch schnell Frühstück. Ein leerer Bauch denkt nicht gut."

Das war zwar jetzt nicht wirklich ein Satz, den Konfuzius erdacht haben könnte, aber er machte durchaus Sinn. Während sie frühstückten, sahen sie sich aufmerksam unter den Gästen im Frühstücksraum um.

Einige von ihnen hatten sie gestern bereits vernommen. Die rüstige Jubilarin Adelheid Ansbacher zum Beispiel, die gerade zu den Sektflaschen unterwegs war und ihnen fröhlich zuwinkte. An ihrem Tisch saß Olaf Kuhn, den die beiden Kommissare allerdings noch nicht kannten. Ihnen schräg gegenüber saß Susanne Schmitz mit ihrem Freund Alfred Rohde. Und etwas weiter hinten im Raum hatten sich Heinz Erdmann, Hildegard

Lüttenrieder und deren Enkelin Mia an einen Tisch zusammengesetzt und schienen sich prächtig zu amüsieren.

Die beiden norddeutschen Kommissare und ihre Freundinnen waren nirgends zu sehen, entweder waren sie schon da gewesen oder sie würden später frühstücken.

„So, ich wäre ausreichend gesättigt. Ich denke, wir sprechen als Nächstes mit Alfred Rohde. Und zum Schluss nehmen wir uns Olaf Kuhn vor."

Stefan putzte sich den Mund an seiner Serviette ab und hievte sich vom Stuhl. Die beiden nickten den umsitzenden Gästen zu und wollten sich gerade auf den Weg ins Untergeschoss machen, da klingelte Stefans Handy.

„Amännchen, wie schön von dir zu hören. Sag bloß, du hast schon etwas für mich?"

Der Gerichtsmediziner Roland Amann am anderen Ende der Leitung verdrehte die Augen und brummte. Wie oft hatte er Häberle schon gesagt, er solle ihn nicht „Amännchen" nennen? Es klang ihm zu sehr nach Erdmännchen und er fühlte sich null ernst genommen mit diesem albernen Kosenamen. Aber Stefan interessierten die Befindlichkeiten des „Aufschneiders", wie er ihn auch gerne nannte, gerade herzlich wenig.

„Unser Toter wurde ermordet, aber das haben wir ja gestern eigentlich schon recht deutlich feststellen können. Seinen Fingerkuppen nach zu urteilen hat er wohl noch versucht, die Saunatür nach außen aufzudrücken, ich gehe allerdings davon aus, dass diese von dort zugehalten wurde.

Außerdem konnten wir Abdrücke der ganzen Hand von Dirk Schmitz an der Glastür sichern. Da diese sich weiter unten an der Scheibe befanden vermute ich mal, dass Schmitz da schon auf dem Boden gelegen hat. Ich konnte Metoprolol, Novalgin, und Sildenafil in seinem Blut nachweisen. Ersteres ist ein Medikament gegen zu hohen Blutdruck, das zweite ein Schmerzmittel und Letzteres auch besser bekannt als Viagra.

Außerdem hatte er 1,5 Promille im Blut. Zusammen mit der Hitze in der Sauna kein wirklich guter Cocktail. Er hatte noch zusätzlich ein Aneurysma im Kopf, das ihm kurz vor seinem Tod durch die extreme Hitze geplatzt ist. Vielleicht wäre er noch zu retten gewesen, wenn er frühzeitig aus der Sauna rausgegangen wäre. Aber so hatte er, bedingt durch den viel zu langen Aufenthalt darin keine Chance mehr.

Der Täter muss ihn danach wie gesagt vom Boden hochgezerrt und auf die Bank gesetzt haben. Die Abschürfungen am Rücken belegen das eindeutig. Und das beweisen auch die Abdrücke in den Achseln des Opfers. Wobei der Täter Handschuhe getragen haben muss. Die haben nämlich minimal, kaum sichtbare kleine Muster auf der Haut hinterlassen. Also wir reden hier nicht von normalen Einweghandschuhen, sondern vielleicht von solchen, die man zum Putzen nimmt. Hätte er ihn auf dem Boden liegen gelassen hätte man ihn durch die Tür gesehen und früher gefunden. Was natürlich nichts an seinem Ableben geändert hätte. Aber alles in allem war das ein gut durchdachter Schachzug."

Man hörte Papier rascheln, dann sprach Amann weiter.

„Auf dem „Außer Betrieb" Zettel waren keinerlei Spuren nachweisbar. Wobei ich da ja wieder bei den Handschuhen bin. Fürs Erste war's das von mir, einen ausführlichen Bericht bekommt ihr in ungefähr eins bis zwei Tagen. Ade."

Stefan sah auf sein Handy. „Jetzt hat der wirklich aufgelegt. Was, wenn ich noch Fragen gehabt hätte?"

Gottfried war da eher phlegmatisch veranlagt.

„Tja, wenn du noch Fragen hast musst du ihn einfach nochmal anrufen."

Sie wanderten ins Untergeschoss, zurück in ihren Verhörraum. Dort griff Lechner zum Funkgerät. „Doris, schick uns mal den Alfred Rohde zum Verhör bitte."

Stefan packte in der Zwischenzeit ein paar Bonbons aus, die er in schönster Monk-Manier vor sich auf dem Tisch platzierte. Gottfried betrachtete das Bonbon-Stillleben und schüttelte den Kopf.

„Wir haben doch gerade gefrühstückt. Dein Zuckerkonsum ist echt zum Fürchten."

Häberle ignorierte den Einwand seines Kollegen und schob sich prompt das erste Bonbon in den Mund.

„Ich kann so einfach besser denken. Apropos: Amann hat doch gesagt, die Täterin oder der Täter hätte unser Opfer vom Boden hoch auf die Bank gezerrt. Findest du dann nicht auch, dass das eine verhältnismäßig starke Person sein musste? Ich meine, dieser Schmitz war recht durchtrainiert und ganz bestimmt nicht federleicht wie eine Elfe."

Gottfried nickte langsam und dachte darüber nach.

„Ja, okay, da muss ich dir recht geben. Das heißt also, du schließt seine Frau da vollkommen aus? Immerhin ist die so klein und zierlich, dass sie ihren Mann wahrscheinlich niemals gepackt hätte."

Stefan schob sich das nächste Bonbon in den Mund.

„Eigentlich würde ich das so denken, aber wer kennt schon die Kräfte einer Frau, die jahrelang von ihrem Mann betrogen und verascht wurde."

Es klopfte. Nach dem Herein von Gottfried erschien ein Mann auf der Bildfläche. Er hatte eine unglaubliche Ausstrahlung, man kam gar nicht umhin, ihn für einen Moment näher zu betrachten. Er wirkte unglaublich gepflegt, sein sehr schmales Oberlippenbärtchen war akkurat geschnitten, seine blauschwarzen Haare waren in offenbar akribischer Kleinstarbeit kunstvoll verwuschelt und hingen schräg über die rechte Augenbraue.

Hinten und an der linken Seite waren sie kürzer und legten das linke Ohr frei, welches vom Ohrläppchen bis hoch zum Knorpel gepiercte war. Seine stechend blauen Augen waren schwarz umrandet, die Wimpern sehr sorgfältig getuscht. Seinen linken Nasenflügel zierte ein kleiner silberner Ring und rechts neben seiner Oberlippe glitzerte ein kleiner Stein.

Seine Kleidung war extravagant, allerdings weder aufdringlich noch schrill. Insgesamt wirkte der Mann wie ein Gesamtkunstwerk und Stefan hatte ein wenig Mühe, das alles mit einem Blick zu erfassen und einzuschätzen.

„Hallo, mein Name ist Alfred Rohde, Sie hatten mich hier heruntergebeten."

Seine Stimme klang warm und ein wenig sonor, auf jeden Fall aber sehr angenehm. Häberle war ein wenig irritiert, er hatte, warum auch immer, eine eher grelle und unangenehme Stimme erwartet.

„Herr Rohde, bitte nehmen Sie Platz. Wir hätten noch ein paar Fragen zu vorgestern Abend."

Alfred Rohde ließ sich auf den Stuhl gleiten und schlug geschmeidig die Beine übereinander. Er legte die Hände locker auf seine Knie und lächelte mild.

„Ich bin ganz Ohr, sie dürfen mich jederzeit alles fragen."

Gottfried schaltete wieder das Aufnahmegerät ein und lehnte sich dann zurück.

„Sie können es sich ja bestimmt denken, um was es geht. Dirk Schmitz ist am vorgestrigen Abend einem Mord zum Opfer gefallen. Sie waren an besagten Abend mit ihrer Freundin Susanne Schmitz im Restaurant essen. Was genau ist da passiert?"

Alfred strich sich mit der Zeigefingerspitze über sein Bärtchen.

„Nun, Susi und ich waren ja genau genommen nur hier, um ihrem Mann, dieser üblen Figur ein für alle Mal klarzumachen, dass seine miesen Betrügereien aufgeflogen sind. Susanne macht das alles schon viel zu lange mit. Ich hätte diesem Miststück von Ehemann ja schon längst die Eier abgeschnitten, das können Sie mir glauben."

Er schnaubte kurz verächtlich. „Wir haben ihn also beobachtet, wie er dasaß und sich aufführte wie ein Neandertaler. Und das blonde Püppchen an seiner Seite hat einfach nur dümmlich zugesehen und geschwiegen. Susanne wäre fast der Kragen geplatzt, verstehen Sie?

Sie wäre am liebsten aufgestanden und ihm an die Gurgel gegangen. Wobei ich mich auch schwer beherrschen musste, ihm nicht mein Glas Wein ins Gesicht zu schütten. Ich kann ihnen gar nicht sagen, wie sehr ich diesen Mann dafür hasse, was er Susanne all die Jahre angetan hat."

Fast schon ein wenig theatralisch rollte er die Augen nach oben und stieß seinen Atem durch die Nase wie ein wilder Stier.

„Eigentlich können wir alle nur froh sein, dass irgendein Held sich erbarmt und uns von diesem widerwärtigen Individuum befreit hat. Und ja, ich gebe zu, ich habe diesen Mann gehasst!"

Er öffnet die Arme und lächelte. Stefan flatterte kurz mit den Lippen.

„Herr Rohde, dass Sie das, was Sie gerade hier zum Besten gegeben haben nicht wirklich unverdächtig dastehen lässt wissen Sie hoffentlich selbst. Wie lange sind Sie und Frau Schmitz denn schon ein Paar?"

Alfred Rohde prustete los.

„Gott bewahre, wir sind doch kein Paar. Ich bin schon Zeit meines Lebens schwul, und daran wird sich auch nichts mehr ändern."

Er zwinkerte Gottfried zu, der sofort puterrot anlief.

„Susi und ich kennen uns seit Kindertagen, wir waren schon immer die besten Freunde. Ich habe ihr schon damals von der Heirat mit diesem Hallodri abgeraten, aber sie wollte ja nicht auf mich hören. Aber jetzt hat sich das Thema „Dirk" ja Gott sei Dank ein für alle Mal erledigt."

Und wieder lächelte er breit.

„Wo waren Sie vorgestern Nacht zwischen null und zwei Uhr?"

Alfred dachte kurz nach.

„Da saßen Susanne und ich auf ihrem Bett und ich habe sie getröstet. Sie war total aufgelöst. Die bevorstehende, endgültige Trennung hat ihr mehr zu schaffen gemacht, als sie zugeben wollte. Also haben wir uns eine Flasche Wein aufs Zimmer kommen lassen und die halbe Nacht geredet."

Stefan und Gottfried sahen sich an.

„Ok Herr Rohde, Sie können vorerst gehen. Wir möchten Sie dennoch bitten, sich weiterhin zu unserer Verfügung zu halten, es könnte durchaus sein, dass wir noch Fragen haben."

Leichtfüßig erhob sich Alfred von seinem Stuhl und tänzelte vor zur Tür. Dort drehte er sich nochmals um und zwinkerte Gottfried erneut zu, bevor er sich auf den Weg zu Susanne machte. Stefan musste schallend lachen, nachdem sich die Tür wieder geschlossen hatte.

„Kannste mal sehen, und der fand DICH gut."

Er grinste so breit, dass er fast einen Krampf im Gesicht bekam. Gottfried war immer noch leicht rosa im Gesicht und murmelte nur „Ach halt doch einfach deine Klappe!"

Stefan schob sich sein vorletztes Bonbon in den Mund und spielte mit dem Papier.

„Wenn wir jetzt mal ehrlich sein sollen, dann hat sich dieser Rohde gerade zum absoluten Hauptverdächtigen katapultiert. Er hat

Schmitz gehasst und Frau Schmitz und er geben sich wunderbar ein gegenseitiges Alibi. Ich denke, wir sollten nochmal mit dieser Jaqueline reden. Vielleicht hat sie ja irgendwie mitbekommen, dass Susanne Schmitz von der Affäre wusste und hat sie darüber informiert, dass sie und ihr untreuer Gemahl zu dem Zeitpunkt hier im Hotel sind.

Eventuell hat sie nämlich auf die Rache der betrogenen Ehefrau gehofft. Wenn dem so wäre hätte sie nämlich zwei Fliegen mit einer Klappe geschlagen: Sie wäre ihren nervtötenden Liebhaber los und müsste sich nichtmal die Hände schmutzig machen. Oder umgekehrt und Susanne Schmitz hat Jaqueline Sutter beauftragt, ihren Mann umzubringen."

Gottfried lief mittlerweile ein paar Kreise ins Parkett.

„Das sind alles gar keine so abwegigen Gedankengänge. Also lassen wir nochmal Jaqueline Sutter zu uns herunterkommen. Was ist jetzt eigentlich mit diesem Olaf Kuhn? Der steht auch noch auf unserer Liste und war schließlich an dem Abend auch mit im Schwimmbad. Außerdem kannten er und Schmitz sich von früher."

Stefan nickte überlegend.

„Also schön, dann ERST schnell nochmal die Sutter, und dann den Kuhn. Und eventuell zwischendurch ein kurzer Blick in die Speisekarte, mich umtreibt ein kleiner Hunger."

Gottfried Lechner griff zum Funkgerät:

"Doris, hol uns bitte mal Frau Jaqueline Sutter hier runter. Sie soll aber gleich noch die Speisekarte mitbringen, den Chef hüngerts."

Stefan zeigte beide Daumen nach oben, dann schob er sich das letzte Bonbon in den Mund.

Knut und Kilian waren in der Zwischenzeit auf der Suche nach spontanen Einfällen und Verdächtigen, die die hiesige Polizei noch nicht auf dem Schirm hatte. Leider gestaltete sich das ein wenig schwieriger, als sie erwartet hätten. Sie hatten bisher keinem erzählt, dass sie Kriminalhauptkommissare auf Urlaub waren. Soweit das irgendwie ging, wollten sie das auch für sich behalten.

So waren sie also nur zwei harmlose Männer, die einfach nur neugierig waren und ein Haufen scheinbar unnützer Fragen stellten. Gerade hatten sie Olaf Kuhn auf einer Hotelliege am Seeufer entdeckt und waren möglichst unauffällig zu ihm hingeschlendert.

„Na, auch noch da?"

Olaf hielt sich die Hand über die Augen und blinzelte in die Sonne. Dann richtete er sich auf und setzte sich an den Rand der Liege. Knut und Kilian zogen sich zwei Plastikstühle herbei und setzten sich ihm gegenüber.

„Jo, eigentlich wollte ich ja heute abreisen. Aber da ich noch verhört werden soll, muss ich wohl oder übel noch so lange hierbleiben. Ich hoffe nur, dass das nicht wieder die ganze Nacht dauert. Eine Übernachtung hier kann ich mir nicht leisten. Mein Zug fährt um 17.23 Uhr, bis dahin wäre ich gerne hier durch mit allem."

Er verzog das Gesicht. Knut war ein wenig erstaunt.

„Hast du denn noch gar nicht mit der Polizei geredet?" Olaf schüttelte den Kopf.

„Nö, scheinbar hatte noch keiner Zeit für mich oder ich bin einfach nicht interessant genug. Wahrscheinlich, weil ich bei Weitem nicht so hübsch bin wie diese Jaqueline, oder wie die heißt."

Er lachte ein wenig spitzbübisch. Kilian und Knut stimmten mit ein.

„Stimmt, dafür hast du auch viel zu kurze Beine. Aber mal was anderes. Hat Dirk dir vielleicht mal erzählt, ob er irgendwelche Feinde hatte? Ihr kanntet euch doch, oder?"

Kilian fragte das so ganz beiläufig und ließ dabei seinen Blick über den See schweifen. Olaf verschränkte die Hände hinter seinem Kopf.

„Ach wisst ihr, Dirk war meines Erachtens schon immer ein richtiger Kotzbrocken. Wir haben uns jetzt zwar mehr als zwölf Jahre nicht gesehen gehabt, aber ich kann mir nicht vorstellen, dass er in der Zeit zu einem Heiligen mutiert wäre. Wenn ich an sein Verhalten beim Abendessen denke, bin ich mir sogar ziemlich sicher, dass er inzwischen noch ein größerer Idiot war, als noch vor ein paar Jahren. Also hatte er Feinde? Ganz bestimmt, wenn ihr mich fragt.“

Knut sah eine gewisse Gleichgültigkeit in Olafs Blick.

„Kanntet ihr euch gut, du und Dirk?“

Olaf runzelte die Stirn. Dann antwortete er lapidar: „Ne, eigentlich nicht. Und im Nachhinein bin ich sogar recht froh darüber.“

Knut und Kilian merkten, dass sie hier nicht wirklich weiterkamen und standen fast gleichzeitig von ihren Stühlen auf.

„Dann hoffe ich für dich, dass du heute noch so zeitig drankommst, dass du nicht mehr hier übernachten musst.“

Er winkte ihm zu. „Vielleicht sieht man sich ja später nochmal.“

Olaf nickte und winkte zurück. Dann legte er sich wieder auf die Liege und hielt sein Gesicht in die Sonne. Knut und Kilian spazierten zurück zum Haupteingang. Sie beschlossen, sich im Café des Hotels ein wenig umzusehen. Im Normalfall müssten noch alle Verdächtigen irgendwo im Haus sein, jedenfalls wäre das für die Ermittlungen von großem Vorteil.

Und vielleicht konnten sie ja mit dem ein oder andern noch ein Wörtchen wechseln.

Als sie an der Rezeption vorbeikamen, sahen sie, wie Gloria Mendez gerade mit Maria Fernández redete. Sie schienen zu diskutieren, jedenfalls fuchtelte Maria wie wild mit den Händen. Gloria schien sie beschwichtigen zu wollen.

Knut und Kilian traten an den Tresen und hörten gerade noch, wie Maria „Este idiota tiene la culpa de todo!" fluchte.

Kilian legte den Kopf schief.

„Spanisch klingt irgendwie immer so melodisch, findest du nicht auch, Knut?"

Knut zuckte mit den Achseln. Er hatte zwar mitbekommen, dass die junge Kellnerin offenbar auf irgendjemanden ziemlich sauer zu sein schien, aber ob das jetzt melodisch geklungen hatte, konnte er nicht beurteilen. Gloria wandte sich ihnen zu.

„Bitte entschuldigen Sie, Maria hat mir gerade erzählt, dass sie aus Versehen einem Gast Tee statt Kaffee gebracht hat. Und der meinte dann wohl, der Kaffee sei aber arg dünn. Also eigentlich eine ziemlich lustige Geschichte, nicht wahr."

Sie lachte, wenn auch eher gekünstelt. „Kann ich Ihnen vielleicht weiterhelfen?" Knut sah Kilian an, so genau wusste er ja selbst nicht, warum sie jetzt hier am Tresen standen.

Aber Kilian antwortete ganz charmant: „Ich wollte Sie eigentlich nur fragen, ob sie vielleicht einen Prospekt von ihrem Hotel haben. Ich würde es wirklich gerne meinen Nachbarn zuhause weiterempfehlen. Funktioniert ihre Kameraanlage eigentlich wieder?"

Gloria griff in eine Schublade und holte ein kleines Heftchen hervor.

„Hier bitte, sehr gerne. Es freut mich sehr, dass es Ihnen hier bei uns gefällt. Auch, wenn die Umstände gerade nicht die Schönsten sind. Und ja, seit gestern Nachmittag geht wieder alles."

Kilian bedankte sich artig und zog Knut dann am Ärmel mit sich fort.

Sie waren noch keine zwei Schritte entfernt da zischte Maria: „Él obtuvo lo que merecia!"

Kilian nickte. „So etwas Ähnliches habe ich mir fast gedacht."

Knut war völlig überfordert und sah ihn hilflos und mit großen Augen an.

„Hättest du die große Güte und würdest mich mal aufklären? Ich habe NULL Ahnung, von was du da redest. Hab ich was verpasst?"

Kilian feixte. „Du hast tatsächlich etwas verpasst. Nämlich die Chance, einen Volkshochschulkurs in Spanisch zu belegen. Das habe ICH allerdings letztes Jahr getan, weil ich das Land und die Sprache so toll finde. Und weil ich spanisch mittlerweile ziemlich gut spreche und noch besser verstehe, kann ich dir sagen, dass diese Maria ganz schön sauer auf jemanden ist. Sie hat nämlich erstens gesagt „Das ist alles seine Schuld" und als zweitens „er hat bekommen, was er verdient hat!" Und ich könnte ja fast schwören, dass damit unser Opfer gemeint war."

Knut sah ihn fast ehrfürchtig an.

„Also jetzt überraschst du mich aber wirklich. In dir schlummern ja völlig verborgene Talente."

Sie suchten sich einen Tisch auf der Terrasse und orderten jeder einen Kaffee.

„Und jetzt? Was machen wir mit dieser Information? Du weißt, wir müssen das eigentlich den beiden Freiburgern weitergeben."

Kilian überlegte. „Vielleicht sollten wir das tatsächlich tun. Und bei der Gelegenheit klopfen wir mal ganz sachte an, ob es schon etwas Neues gibt."

Sie tranken ihren Kaffee zu Ende und machten sich auf den Weg ins Untergeschoss.

„Frau Sutter, kennen Sie eine Susanne Schmitz?"

Stefan musterte Jaqueline abwartend. Er versuchte durch intensives Beobachten zu erkunden, ob Jacky ihn gleich anlügen oder die Wahrheit sagen würde.

„Ja, ich kenne sie, allerdings nur vom Namen und Hörensagen. Das ist Dirks Frau. Warum fragen Sie?"

Häberle konnte jetzt auf den ersten Blick nicht erkennen, ob Jaqueline diese Frage gerade nervös gemacht hatte oder nicht.

„Nun, Frau Schmitz befindet sich auch hier im Hotel, sie hat vorgestern Nachmittag eingecheckt. Und sie wusste wohl, dass Sie auch da sind. Sehen Sie da vielleicht irgendeinen Zusammenhang?"

Jaqueline sah ihn zunächst sehr überrasch, dann fast schon herausfordernd an.

„Was für einen Zusammenhang soll ich denn da bitte sehen? Das sie mit dem Mann verheiratet ist, mit dem ich ins Bett gegangen bin? Oder auf was wollen Sie gerade hinaus?"

Gottfried blätterte in seinen Notizen, während Stefan in seiner Hosentasche nach Bonbon-Nachschub suchte. Offenbar versuchten sie, Jacky nervös zu machen. Was ihnen allerdings nicht wirklich gut gelang. Die hatte die Beine übereinandergeschlagen, wippte mit dem Fuß und sah eher verärgert aus.

„Ich verstehe nicht, was Sie schon wieder von mir wollen. Ich habe Ihnen alles gesagt, was ich weiß. Und ob diese Susanne da ist oder nicht interessiert mich keinen Meter. Wir haben bisher noch kein einziges Wort miteinander geredet, und ich denke mal, dass wird auch so bleiben. Ich kann mir nicht vorstellen, dass sie Einzelheiten über unsere Affäre wissen möchte.

Bis wann darf ich denn jetzt abreisen? Ich wollte eigentlich heute morgen fahren. Mein Mann wird sich bestimmt schon wundern, dass ich noch nicht wieder daheim bin."

Stefan blieb ruhig. Offensichtlich dachte Frau Sutter, Angriff sei die beste Verteidigung.

„Hören Sie, solange Sie weiterhin unter Mordverdacht stehen, und das tun Sie nun mal, werde ich einen Teufel tun und Sie gehen lassen. Vielleicht haben Sie ja Glück, und wir erlangen heute noch weitreichende Erkenntnisse, die Sie entlasten. Bis dahin möchte ich Sie allerdings bitten, noch ein wenig Geduld zu haben. Vielleicht sagen Sie ihrem Mann einfach Bescheid, dass es eins, zwei Tage später werden könnte."

Gottfried lachte in sich hinein. Stefan hatte einen ziemlich trockenen Humor, mit dem nicht jeder klarkam. Jaqueline zum Beispiel offenbar nicht. Die sprang nämlich jetzt auf, schrie „Das ist eine Unverschämtheit" und verließ Türe knallend den Raum. Stefan sah ihr hinterher.

„Menschen, die sauer sind machen Fehler. Ich bin mal gespannt, ob das auch auf unser blondes Mäuschen hier zutrifft. "

Als nächstes hatten sie Olaf Kuhn vor sich sitzen. Stefan sah ihn nachdenklich an. Der Mann wirkte auf ihn auf eine seltsame Art und Weise abwesend, so, als wäre ihm im Grunde genommen alles egal. Er lümmelte sich auf dem Stuhl, hatte die Hände in den Hosentaschen und sah ein wenig müde aus.

„Herr Kuhn, wenn ich das richtig verstanden habe, sind Sie wegen des Geburtstages ihrer Tante Frau Ansbacher hier, richtig?"

Olaf nickte. Stefan fuhr fort.

„Wie kam es dann dazu, dass Sie mit dem Opfer abends in der Hotelbar waren und danach sogar noch gemeinsam mit den anderen beiden Herren schwimmen gegangen sind?"

Olaf gähnte hinter vorgehaltener Hand, dann legte er den Kopf schief. Seine Augen blickten durch die großen Fenster hinaus auf den See. Gottfried hätte ihn beinahe zur Eile angetrieben, auch wenn er selbst nicht wusste, warum.

„Ja, ich bin wegen des Geburtstages meiner Tante hier. Dirk habe ich vorgestern Mittag zufällig an der Rezeption getroffen. Wir kennen uns schon ziemlich lange, haben uns jetzt aber einige Zeit nicht gesehen. Er hat mich gefragt, ob wir nicht zusammen abends einen trinken gehen wollen. Diese zwei andern haben wir eher zufällig kennengelernt. Die waren aber echt nett, und weil wir alle ziemlich einen sitzen hatten sind wir halt später noch zu viert ins Schwimmbad. Vier Männer mit Suff im Kopf, nicht mehr und nicht weniger."

Gleichgültig hob er die Schultern. Stefan warf einen Seitenblick zu Gottfried, der ein wenig ratlos die Lippen schürzte. Er wandte sich Olaf zu.

„Woher kannten Sie Dirk Schmitz? Und wissen Sie, ob er Feinde hatte, oder Menschen, die ihm nicht wohlgesonnen waren?"

Olaf lachte kurz spöttisch auf.

„Wenn der keine Feinde hatte, wer dann? Wahrscheinlich hat ihm irgendein gehörnter Ehemann den Hals herumgedreht. Der hat sich rücksichtslos quer durch alle Betten gewühlt, egal ob die Frau verheiratet war oder nicht. Außerdem war er mit Sicherheit nicht der sympathischste Mensch auf Erden und ist mit seiner Art sehr oft angeeckt. Wir waren früher öfter zusammen feiern, er war schon immer ein Hans Dampf in allen Gassen und hat sich von niemandem etwas sagen oder vorschreiben lassen. Und weil ich mit seiner meist peinlichen Art irgendwann überhaupt nicht mehr zurechtkam haben sich unsere Wege nach ein paar Jahren Freundschaft getrennt. Ich war froh, dass ich die letzten 12 Jahre nichts mehr von ihm gehört oder gesehen habe, das dürfen Sie mir glauben. Natürlich tut es mir leid für seine Frau und seinen Sohn, aber ich glaube, die beiden sind ohne ihn besser dran."

Wieder dieses leicht stoische Schulterzucken voller Desinteresse. Stefan hackte nach.

„Wo waren Sie in der Mordnacht zwischen zwölf und zwei Uhr?" Olaf überlegte kurz, dann hob er die Augenbrauen.

„Nachdem ich mit den beiden anderen das Schwimmbad verlassen hatte bin ich hoch auf mein Zimmer und habe ziemlich schnell geschlafen. Ich bin den vielen Alkohol nicht mehr wirklich gewohnt und war froh, als das Karussell in meinem Kopf im Bett endlich ein wenig langsamer wurde."

Er lächelte fast schon ein wenig verlegen. Stefan seufzte tief. Dieser Olaf Kuhn hatte mit dem Mord so wenig zu tun wie er mit Kunsteislauf. Das sagte ihm sein kriminalistisches Gespür. Er wirkte auf ihn so unschuldig wie ein junges Kätzchen, und seine Aussagen waren für ihn durchweg schlüssig und glaubhaft.

„Danke Herr Kuhn, ich denke, von unserer Seite wars das erstmal. Sie dürfen später zurück nach Hause fahren, Ihre Personalien haben wir ja, falls noch etwas sein sollte."

Olaf stand langsam auf und gab den beiden Kommissaren die Hand.

„Danke schön und ich hoffe, Sie finden den Täter recht bald." Er nickte ihnen zuversichtlich zu und verabschiedete sich. Gottfried sah ihm nachdenklich hinterher.

„Knut und Kilian hatten recht, das ist ein ziemlich ruhiger und angenehmer Mensch. Kein Wunder, dass der nichts mehr mit diesem Schmitz zu tun haben wollte."

Stefan legte den Kopf in den Nacken und seufzte schon wieder.

„Ja, ein richtig Netter ist das. Hilft uns nur jetzt gerade leider überhaupt nicht weiter. Aber das ist so ein Seelchen, der war das mit Sicherheit nicht."

Kopfschüttelnd wandte er sich der Speisekarte zu, die Jacky mit heruntergebracht hatte.

Er und Gottfried hatten sich gerade etwas zum Mittagessen von der Karte ausgesucht, da klopfte es schon wieder.

„Oh Mann, nicht mal in Ruhe Hunger haben kann man hier. Was ist denn?"

Häberle grummelte. Wenn er Hunger hatte wurde er zur sprichwörtlichen Diva. Knut und Kilian steckten ihre Nasen zur Tür herein.

„Moin Kollegen, stören wir?"

Gottfried schüttelte den Kopf. „Nein nein, alles gut. Ihr dürft nur Stefan nicht zu nahekommen, wenn der Hunger hat isst er alles, was nicht bei drei auf den Bäumen ist."

Er lachte ziemlich laut über seinen eigenen Witz. Häberle zog die Augenbrauen nach oben, sagte aber nichts.

„Was können wir für Euch tun? Habt ihr was Neues für uns?"

Knut zog einen Stuhl zu sich heran und setzte sich rittlings darauf. Kilian blieb im Raum stehen.

„Vielleicht, kommt drauf an. Wir haben zufällig ein Gespräch, oder besser gesagt eine Diskussion zwischen der Rezeptionistin Gloria und der jungen Kellnerin mitbekommen, die Dirk Schmitz an dem Abend des Mordes den Wein übergeschüttet hat. Und das, was sie da von sich gegeben hat, könnte durchaus interessant für Eure Ermittlungen sein."

Knut legte eine dramatische Pause ein und wartete ab, was die beiden Flensburger dazu meinten. Es könnte ja auch sein, dass er und Kilian sich jetzt einfach nur blamierten, weil Häberle und Lechner diese Informationen schon längst hatten.

Aber Stefan lehnte sich nach vorne, verschränkte die Hände auf dem Tisch und meinte: „Na dann mal raus mit der Sprache. Was hatten die beiden denn zu diskutieren?"

Knut sah hilfesuchend zu Kilian. Schließlich hatte der ja die Sätze ins Deutsche übersetzt und die Behauptung in den Raum gestellt, Maria würde sehr wahrscheinlich von Dirk Schmitz reden. Kilian schob die Hände in die Hosentaschen.

„Also, Maria Fernández meinte auf spanisch zu Gloria Mendez, dass es „alles seine Schuld war" und „er bekommen hätte, was er verdient hätte."

Bei den beiden Sätzen machte er mit den Händen Gänsefüßchen in die Luft.

„Und da sie dabei äußerst erzürnt war, sich kaum beherrschen konnte UND Gloria Mendez offenbar absichtlich falsch die Sätze uns gegenüber ins Deutsche übersetzt hat sind wir davon ausgegangen, dass Marias Wut augenscheinlich dem Opfer galt. Ich kann nämlich spanisch, dass wussten die beiden Damen nur nicht. "

Er verschränkte die Arme vor der Brust und wartete. Stefan hatte noch einen Schokoriegel in seiner Jackentasche gefunden und kaute nun zufrieden vor sich hin. Gottfried schien zu überlegen, kam aber scheinbar nicht wirklich weit damit. Erst als Stefan den Riegel zur Hälfte verputzt hatte fing er wieder an, zu reden.

„Durchaus möglich. Also was schlagt ihr nun vor?"

Kilian und Knut, die nicht damit gerechnet hatten, nach ihrer Meinung gefragt zu werden waren sich recht schnell einig.

„Ich denke, an eurer Stelle würden wir uns die junge Kellnerin nochmal zur Brust nehmen. Vielleicht erwischt ihr sie ja auf dem richtigen Fuß und sie sagt euch die Wahrheit."

Knut erhob sich und machte eine „ich drücke euch die Daumen"- Geste.

Stefan schüttelte ein wenig verständnislos den Kopf.

„Nun denn, wenn unsere Nordlichter das für sinnvoll erachten, werden wir das wohl so machen. Wobei ich mir ziemlich sicher bin, dass das eine mit dem anderen überhaupt nichts zu tun hat. Aber bitte, soll ja keiner sagen, ich könne nicht auch kooperieren. Noch etwas, was wir wissen sollten?"

Kilian runzelte die Stirn und zog die Augenbrauen zusammen. Und er sah Knut an, dass der gerade auch nicht mehr die rechte Lust hatte, hier jetzt noch in diesem Raum zu sein.

„Nö, das wars erstmal. Wir machen jetzt Urlaub und lassen die anderen arbeiten, nicht wahr Knut?"

Der nickte zustimmend, äußerte sich aber nicht mehr. Sie verließen den Raum und fuhren mit dem Fahrstuhl hoch in den zweiten Stock.

„Was sind das denn für arrogante Eierköppe? Die sollen doch froh sein, wenn ihnen jemand ein bisschen unter die Arme greift. So unbeweglich wie dieser Häberle aussieht ist bestimmt auch sein Hirn. Tranfunzeliger Schwab, so ein drömeliger Klookschieter!"

Knut schimpfte wie ein Rohrspatz, Kilian verzog amüsiert das Gesicht. Aber irgendwie hatte sein Freund ja recht. Er war sich gerade eben vorgekommen wie ein kleiner Schuljunge, der seine Mitschüler beim Direktor verpetzt und dafür Ärger bekommen hatte. Und dieses Gefühl mochte er überhaupt nicht. Als sie das Zimmer von Knut betraten, sahen sie Anita und Ulrike in schönster Eintracht zusammen auf dem Balkon sitzen. Sie hatten eine Flasche Sekt vor sich und wirkten sehr entspannt.

„Na da schau hin, die Mädels sind ja auch wieder da. Wars denn schön?"

Anita strahlte wie ein Honigkuchenpferd.

„Es war traumhaft, also ich fühle mich vollkommen tiefenentspannt. Und ich glaube, dir geht es da nicht anders, oder?"

Sie strahlte Ulrike an, die tatsächlich sehr erholt und gelöst wirkte. Sie trugen

Bademäntel und rochen nach luxuriösen Cremes und Lotionen. Knut knuffte Kilian in die Seite.

„Ich glaube, wir sollten uns auch mal so ein Verwöhnprogramm gönnen."

Kilian ging auf Ulrike zu und gab ihr einen Kuss. „Schön, dass es euch so gutgetan hat." Anita legte leicht den Kopf schief. Knut überlegte einen Moment, trat dann seinem inneren Teufel gewaltig auf den Kopf und drückte der völlig überraschten Anita einen Kuss auf den Mund.

„Hmm, du riechst gut. Gefällt mir."

Ulrike streichelte Kilians Hand.

„Und bei euch so? Habt ihr etwas Neues herausgefunden?" Kilian schüttelte den Kopf, Knut murrte schon wieder.

„Ach, diesen beiden Torfköppen ist doch eh nicht zu helfen. Wir sollten echt alleine ermitteln können, dann hätten wir den Mörder schon längst am Schlafittchen. Aber nein, die Herren da unten trödeln rum, befragen Hinz und Kunz und kommen zu keinerlei Ergebnissen."

Kilian stimmte ihm zu.

„Knut hat recht, ich finde die Beiden auch viel zu wenig zielorientiert. Aber eigentlich sollte das ja nun gar nicht unser Problem sein. Also ICH wäre ja dafür, wir vier gehen jetzt zusammen ins Schwimmbad und genießen einfach ein wenig unsere gemeinsame Zeit. Vielleicht ergibt sich ja durch Zufall noch das ein oder andere Gespräch, wer weiß."

Die drei anderen stimmten Kilians Vorschlag zu und zwanzig Minuten später genossen sie von ihren Schwimmbadliegen aus den herrlichen Blick auf den sonnenbeschienenen See. Danach wollten Ulrike und Anita sich gerne durch die diversen Souvenirläden im Ort wühlen. Anita sah ihrem Knut gleich an, dass diese Art von Freizeitbeschäftigung nichts für ihn war.

„Wie wäre es, wenn ihr beide in der Zeit ein Bierchen trinken geht und wir uns spätestens zum Abendessen wieder treffen?"

Knut war sprachlos. So gelöst, verständnisvoll und fröhlich hatte er Anita noch nie erlebt. Er murmelte ganz leise:

„Ich fülle mir daheim einige Flaschen Nordsee-Wasser ab, pack einen Korb voll Muscheln, kauf mir eine Möwe und dann ziehen wir hierher. Ich erkenn dich ja gar nicht mehr wieder."

Währenddessen nahmen sich Stefan Häberle und Gottfried Lechner nochmals die Bedienung Maria Fernández vor. Und auch, wenn es ihnen beiden nicht wirklich passte, dass diese beiden Fischköppe einen entscheidenden Hinweis geliefert hatten, so mussten sie dem doch nachgehen.

„Frau Fernández, erzählen Sie uns doch noch einmal, wo Sie sich zum Tatzeitpunkt aufgehalten haben."

Maria verstand nicht ganz, was Häberle von ihr wollte. Sie zog fragend die Augenbrauen hoch und hielt etwas hilflos die Handflächen nach oben. Gottfried stöhnte.

„Na, das kann ja heiter werden. Vielleicht sollten wir jemanden dazu holen der spanisch kann."

Stefan dachte sofort an Kilian Brandner. Wobei der jetzt gerade der Letzte wäre, den er bei seinen Ermittlungen und Verhören dabeihaben wollte. Er hatte nämlich das Gefühl, dass die beiden Norddeutschen ein ziemlich gutes Gespür hatten und ihnen vielleicht bei der Lösung des Falles zuvorkommen könnten. So weit würde er es allerdings gar nicht erst kommen lassen. Schließlich war das sein Fall und sein Zuständigkeitsbereich.

„Ne, lass mal, das kriegen wir bestimmt auch so hin."

Stefan legte sich beide Hände um den Hals und tat so, als würde er zudrücken. Dabei ließ er die Zunge heraushängen und verdrehte die Augen.

„Als Dirk Schmitz so", er machte Würgegeräusche, „wo du da waren?"

Er schrie Maria in diesem seltsamen Kauderwelsch so dermaßen an, dass die zunächst erschrocken auf ihrem Stuhl zurückwich und dann mit vorgehaltener Hand losprustete. Gottfried schlug sich an die Stirn.

„Bist du eigentlich gerade völlig bescheuert? Die ist Spanierin, nicht taub. Ich geh jetzt mal oben an der Rezeption fragen, ob die jemanden haben, der übersetzen kann."

Er verließ den Raum und kam kurze Zeit später mit Francesca Solanes wieder, die gerade ihren Dienst im Restaurant antreten wollte.

„Frau Solanes ist so nett und übersetzt für uns, bevor wir hier noch für dein Kasperle-Theater Eintritt verlangen müssen."

Stefan warf ihm einen ziemlich bösen Blick zu, dann wandte er sich wieder an Maria.

„Also gut, dann nochmal. Wo waren Sie vorgestern Nacht zwischen null und zwei Uhr?"

Maria wartete, bis Francesca das übersetzt hatte und antworte dann ziemlich kurz und knapp, in einem einzigen Satz.

„Sie sagt, sie wäre im Bett gewesen."

Stefan verdrehte die Augen.

„Genau, und ich bin Dornröschen. Sagen Sie ihr, sie wurde beobachtet, als sie gegen halb zwölf auf dem Weg ins Untergeschoss war. Ich will wissen, was sie dort gemacht hat."

Francesca wandte sich wieder an Maria, die auf einmal immer blasser wurde. Es dauerte ein paar Momente, bis sie antwortete, dieses Mal recht ausführlich, eher kleinlaut und gar nicht mehr so aufmüpfig wie noch vor ein paar Minuten.

„Sie kannte diesen Herr Schmitz schon von seinen früheren Aufenthalten hier im Hotel. Und beim letzten Mal hatte sie einen ziemlichen Streit mit ihm gehabt. Er hat sie abends beim Bedienen belästigt und ständig angefasst. Sie sagt, jedes Mal, wenn sie an seinem Tisch vorbeigehen musste, hat er ihr entweder hinterher gepfiffen oder sie berührt. Sie hat ihn wohl einige Male darum gebeten, damit aufzuhören. Aber er hätte immer nur gelacht und behauptet, sie wolle das doch auch.

Und als er einmal von der Toilette gekommen wäre und sie alleine vorne im Barbereich beschäftigt war hätte er ihr sogar zwischen die Beine gefasst und gestöhnt."

Maria hatte den Kopf gesenkt und in ihren Augen glitzerte es verdächtig. Stefan atmete tief durch.

„Dirk Schmitz hat sie also sexuell belästigt. Warum hat sie ihn dann nicht angezeigt? Oder es wenigstens ihrer Vorgesetzten oder dem Hoteldirektor erzählt?"

Maria antwortete leise: „Ich mich habe so geschämt. Und Vroni und Herr Brunner mir vielleicht nicht glaube."

Gottfried lehnte sich auf seinem Stuhl zurück.

„Und weil sie so wütend auf Dirk Schmitz waren, sind Sie ihm an dem Abend gefolgt und haben die Gelegenheit genutzt und ihn umgebracht!"

Maria riss erschrocken die Augen auf. Eine Tirade von spanischen Sätzen flog Lechner und Häberle um die Ohren. Gespannt warteten sie auf die Übersetzung.

„Maria sagt, sie hätte gehört, wie Schmitz und die drei anderen sich zum Schwimmen gehen verabredet hätten. Sie ging dann etwa eine dreiviertel Stunde später auch runter, weil sie ihn für das, was er ihr beim letzten Mal angetan hatte, zur Rede stellen wollte. Sie wollte das nicht im Gastraum machen und auch nicht mit ihm alleine sein. Sie hatte gehofft, dass die drei Herren ihr ein wenig Rückendeckung geben würden. Weil sie Angst hatte, Schmitz könnte über sie herfallen.

Aber als sie unten durch die Glastür geschaut hat war keiner mehr im Schwimmbecken. Sie ist dann wieder zurück nach oben und hat Feierabend gemacht."

Stefan schnipste mit den Fingern.

„Und das sollen wir jetzt glauben? Wir wissen, dass Dirk Schmitz zwischen null und zwei Uhr zu Tode kam. Und ihre Kollegin war genau zu dem Zeitpunkt am Tatort. Und außerdem hat sie ein ziemlich eindeutiges Motiv. Sie ist damit nun unsere Hauptverdächtige und wird uns wohl auf die Wache begleiten müssen."

Maria begann zu weinen.

„Ich schwören, ich nicht habe totgemacht diese Mann. Das Sie mir müssen glauben. Ich habe kleine Sohn, ich nicht können in Gefängnis. Bitte, Sie mir glauben, bitte bitte!"

Stefan hatte sich erhoben und nahm Gottfried zur Seite. „Was denkst du? War sie es?"

Gottfried sah zu Maria hinüber, die nun wie ein Häufchen Elend auf dem Stuhl saß und schniefte. Er war sich unschlüssig.

„Sie hat das beste Motiv bisher und war zum Tatzeitpunkt am Tatort. Schlechter könnte es für sie also gar nicht laufen. Aber würde sie wirklich alles auf Spiel setzen? Ihre Arbeit, ihre Familie, ihr ganzes Leben hier, wegen so einem Mistkerl? Ehrlich gesagt, weiß ich es nicht. Fakt ist, wir müssen es ihr nachweisen, und das können wir gerade noch nicht. Oder haben wir irgendetwas in der Hand, womit wir sie einhundertprozentig überführen könnten?"

Stefan schüttelte den Kopf.

„Siehst du, die Beweislage ist also mehr als dünn. Wir können sie zwar jetzt mitnehmen und 24 Stunden in Gewahrsam nehmen aber schlussendlich werden wir ihr beweisen müssen, dass sie Schmitz in der Nacht umgebracht hat."

Stefan wusste, dass sein Kollege recht hatte. Aber er war sich auch darüber im Klaren, dass somit nun die Täterergreifung wieder in weite Ferne gerückt war. Und mindestens drei seiner Verdächtigen würden heute noch im Laufe des Tages abreisen.

„Was schlägst du also vor?" Stefan klang ein wenig resigniert.

„Ich würde sagen, wir holen uns jetzt erstmal noch einen Kaffee, danach überlegen wir gezielt, was wir als Nächstes machen, einverstanden?"

Stefan stimmte nickend zu. Er fühlte sich gerade ein wenig wie in einer Sackgasse und brauchte dringend eine wirklich gute Idee.

„Guck mal, da vorne sind unsere beiden Freiburger Helden. Ich würde zu gerne mal noch eine Sache fragen, kommst du mit?" Knut stieß Kilian auffordernd in die Rippen. Der war wenig begeistert.

„Du glaubst doch nicht ernsthaft, dass die dir noch irgendetwas zu dem Fall sagen werden. Und auch noch völlig zu Recht, müssen die nämlich gar nicht."

Knut marschierte nun trotzdem kampfeslustig direkt auf Häberle und Lechner zu.

„Moin die Herren, mal ne kurze Frage: Habt ihr zufällig schon irgendwas zum Thema „Spuren an der Leiche" herausbekommen? Also gibt's Fingerabdrücke oder so?"

Stefan und Gottfried waren im ersten Moment völlig überrumpelt von dieser doch sehr direkten Frage. Und zur Überraschung aller antwortete Stefan ausführlicher als gedacht.

„Leider nein, unser Gerichtsmediziner hat lediglich minimale Abdrücke unter den Achseln des Opfers gefunden, von denen er sich sicher ist, dass es sich dabei nicht um Einmalhandschuhe handelt. Mehr haben wir jetzt leider auch nicht."

Gottfried war völlig entsetzt. „Wieso gibst du hier gerade Interna preis? Das geht die doch gar nichts an."

Stefan wirkte ratlos. „Warum eigentlich nicht? Was wissen wir denn bisher? Sind wir auch nur einen Schritt weiter als vorgestern? Nein, also warum sollten wir uns nicht einfach mal zu viert den Kopf ein wenig zerbrechen."

Knut war fassungslos. „Ist das gerade dein Ernst?? Wir sollen euch also unterstützen, weil ihr alleine nicht mehr weiterkommt?"

Er lachte so dermaßen laut, dass eine Gruppe Inder, die gerade an ihnen vorbeigelaufen war, erschrocken zur Seite hüpfte. Stefan nickte frustriert.

„Vielleicht können wir uns ja ein wenig austauschen und bekommen dadurch die ein oder andere zündende Idee."

Kilian schien zu überlegen.

„Warum eigentlich nicht? Aber dann hätten wir natürlich gerne ein paar mehr Informationen. Also dann, bringt uns mal auf euren Wissenstand.

Nach einem bisher ergebnislosen Vormittag trafen sich die vier Kommissare gegen 13 Uhr im Salon „Höllental" zum Briefing. Stefan und Gottfried zeigten Knut und Kilian den Bericht der Gerichtsmedizin, erzählten von den bisherigen Verhören und legten ihre eigene Meinung zu dem Fall dar. Knut und Kilian hörten sich alles an und schwiegen zunächst. Als Stefan mit seinem letzten Satz fertig war, sah er die beiden abwartend an.

„Ihr habt also quasi alle verhört, die auch nur ansatzweise irgendetwas mit dem Fall zu tun haben könnten, richtig?"

Gottfried durchforstete seine Notizen.

„Frau Fernández hat bisher das stärkste Motiv und auch nicht wirklich ein Alibi. Wir werden sie also mit nach Freiburg nehmen und sie erkennungsdienstlich aufnehmen. Mehr können wir zurzeit nicht machen. Wir haben keinerlei Beweise."

Knut überlegte.

„Wisst ihr zufällig schon, wie schwer Dirk Schmitz war? Also ob es nachvollziehbar wäre, dass eine junge, relativ zierliche Frau ihn vom Boden auf die Bank zerrt?"

Kilian pflichtete ihm sofort bei.

„Genau, vielleicht könnte man einfach mal testen, ob Frau Fernández das überhaupt geschafft hätte. Es wäre auf jeden Fall einen Versuch wert. Also BEVOR ihr die Frau mit nach Freiburg nehmt. Vielleicht könnt ihr euch das dann nämlich sogar sparen."

Gottfried schnaufte, sagte aber nichts. Dann griff er zum Handy und rief an der Rezeption an.

„Frau Tischenreuther, Lechner hier. Könnten Sie mir Frau Maria Fernández in den Saunabereich schicken, bitte? Danke."

Er legte auf und die vier Kommissare begaben sich auf den Weg zum Schwimmbad. Die Sauna war leer, seit dem Mord hatte sich niemand mehr hineingetraut. Sie sahen sich um. Da die Sauna in einem eher verwinkelten Eck des Schwimmbadbereiches lag, hatte der Mörder völlig ungehindert die Möglichkeit gehabt, sich an der Tür zu schaffen zu machen, ohne dass das jemand mitbekommen hätte. Wäre zu dem Zeitpunkt noch Betrieb im Schwimmbad gewesen hätte man Dirk Schmitz noch nicht mal um Hilfe rufen hören.

Und trotzdem war es wohl eher eine Tat im Affekt gewesen, da der Täter ja nicht wissen konnte, wann Dirk Schmitz in die Sauna gehen würde. Kilian hatte gerade einen Einfall.

„Wenn wir jetzt mal genauer darüber nachdenken, muss der Täter nach dem Mord den Schwimmbadbereich noch einmal verlassen haben und wieder zurückgekommen sein."

Stefan stand auf dem Schlauch. „Hä, wieso das denn?" Kilian sah sich um.

„Hier liegen weder Stifte noch Papier. Und da wir jetzt einfach mal davon ausgehen müssen, dass die Tat nicht geplant war, kann ich mir jetzt zum Beispiel überhaupt nicht vorstellen, dass der Täter beides auf Tasche hatte. Wisst ihr, was ich meine? Er muss sich also versichert haben, dass Schmitz tot ist und hat sich dann danach, eventuell einer spontanen Eingebung folgend noch irgendwoher Stift und Papier besorgt.

Wenn wir jetzt noch herausfinden könnten, mit welcher Art von Stift das Schild geschrieben wurde und wer vielleicht so ein Schreibgerät sein Eigen nennt, dann dürften wir dem Täter ein gutes Stück näher sein."

Die beiden Freiburger Kripobeamte staunten regelrecht Bauklötze. Warum waren sie da bisher nicht selbst draufgekommen? Maria Fernández tauchte hinter ihnen auf.

„Was ich jetzt noch solle?"

Sie war augenscheinlich wenig begeistert davon, nun schon wieder mit der Polizei zu tun haben zu müssen. Knut wandte sich an Stefan.

„Ich habe Schmitz als recht kräftig gebaut in Erinnerung. Also jetzt nicht dick, aber gut trainiert und mindestens mal 1,85 Meter groß."

Er betrachtete sich die anderen Drei genauer. Gottfried Lechner war mehr die Abteilung „halbes Hemd", während Stefan Häberle locker als fünf halbe Hemden durchgehen würde. Er selbst war gerade mal 1,75 Meter groß, dass passte also auch nicht.

„Kilian, leg du dich mal in der Sauna auf den Boden. Du kommst von der Statur her unserem Toten am nächsten."

Kilian tat, wie ihm geheißen, wobei ihm Stefan ein wenig bei der „Choreographie" behilflich war.

„Kilian, übersetze mal, ich würde ihr gerne erklären, was sie jetzt tun soll."

Knut gab Anweisungen wie ein Regisseur. „Frau Fernández, Sie versuchen jetzt einmal, meinen Kollegen vom Boden auf die Bank zu ziehen. Dabei packen Sie ihn bitte unter den Armen. Sie dürfen ihn aber nicht mit Hilfe ihrer Unterarme nach oben zerren, sondern müssen mit den Händen unter seinen Achseln sein. Und du Kilian denkst bitte daran, dass du tot bist. Also mithelfen oder dich leichter machen wollen, als du bist ist nicht."

Kilian schloss die Augen und versuchte, flach zu atmen. Maria quetschte sich hinter ihn und versuchte zunächst, unter seine Arme zu kommen. Allein das stellte sich als schwierig heraus, weil Kilian ja flach auf dem Boden lag und Maria ihn erst einmal ein Stück anheben musste, um ihm unter die Arme greifen zu können. Sie zog und zerrte an ihm und beim Versuch, ihn auf die Bank zu setzen, stolperte sie quer über Kilian und blieb auf ihm liegen.

Sie schimpfte: „Sie so schwer, meine arme Rücken. Was das alles sollen, infierno sangirento??"

Kilian befreite sich umständlich von seiner eigentlich recht angenehmen Last und setzte sich von alleine auf die Bank. Er sprach Maria auf spanisch an.

„Entschuldigen Sie die Umstände Frau Fernández, aber wir müssen ausschließen können, dass Sie die Mörderin von Dirk Schmitz sind. Und eigentlich haben Sie eben recht eindrücklich bewiesen, dass Sie es nicht sein können."

Er wechselte zurück ins Deutsche und wandte sich an die anderen. „Oder was meint ihr dazu?" Gottfried feixte.

„Wir haben leider nicht verstanden, was du gesagt hast." Kilian lächelte Maria an.

„Ich habe gesagt, dass Frau Fernández nicht die Mörderin von Dirk Schmitz gewesen sein kann. Außer, sie hatte einen Komplizen, der ihr geholfen hat, Schmitz auf die Bank zu setzen. Alleine hätte sie das nie und nimmer hinbekommen."

Häberle und Lechner mussten zähneknirschend zugeben, dass Kilian recht hatte.

„Und jetzt? Damit geht uns unsere letzte Hauptverdächtige verloren."

Maria fragte ein klein wenig genervt: „Ich könne jetzt wieder gehen, ja?" Gottfried nickte.

Hier war nichts mehr zu holen, sie mussten an anderer Stelle anfangen zu suchen. „Wie war das jetzt mit eurer Stift-Theorie? Wie sollen wir das anstellen?"

Knut dachte nach.

„Ich wäre ja dafür, Kilian und ich fragen erst einmal an der Rezeption nach, ob sich irgendjemand ein Blatt besorgt und einen Stift geliehen hat. Und ihr fragt mal in eurer

Gerichtsmedizin nach, ob die wissen, mit welcher Art von Stift das Schild geschrieben wurde."

Stefan nickte und Knut und Kilian machten sich auf den Weg nach oben. Gottfried war stinksauer.

„Das kann doch jetzt nicht dein Ernst sein, dass du dich von den Beiden so herumkommandieren lässt! Wie sollen wir das dem Staatsanwalt erklären, wenn die hier für uns den Fall lösen? Oder meinst du wirklich, die überlassen uns dann so mir nichts dir nichts die Lorbeeren?"

Stefan hielt sein Handy abwartend in der Hand, mit dem er gerade Roland Amann, den Gerichtsmediziner anrufen wollte. Natürlich hatte Gottfried recht. Es war eigentlich ein absolutes Unding, dass dieser Hansen und der Brandner ein wenig mit ermittelten. Aber sie brauchten schleunigst Ergebnisse. Und wenn es so ein wenig schneller ginge, war es ihm gerade recht.

„Mach dir mal keine Gedanken, ich habe die zwei schon im Griff. In dem Moment, in dem sie denken, dass sie kurz davor sind, den Fall zu lösen greifen wir wieder ein und bringen es zu Ende. So kann keiner sagen, wir hätten den Mord nicht aufgeklärt. Wie wir im Endeffekt dahin gekommen sind, braucht ja niemanden mehr zu interessieren. Verstehst du, was ich meine? So, und jetzt lass mich telefonieren."

Stefan lachte ein wenig zynisch und Gottfried kam nicht umhin, ihn für diesen genialen Schachzug zu bewundern.

„Wir müssen uns nur wirklich so langsam ein wenig beeilen. Unsere rüstige Rentnerin Frau Ansbacher ist schon abgereist, Susanne Schmitz und ihr Freund Alfred Rohde bleiben noch bis morgen. Olaf Kuhn verlässt das Hotel am späten Nachmittag, weil sein Zug erst gegen 17 Uhr fährt, das hat er mir vorhin noch gesagt. Jaqueline Sutter können wir auch nicht länger hier festhalten, die wäre am liebsten gestern schon gefahren. Unsere Verdächtigen verlassen also nach und nach das sinkende Schiff und wir haben keine Handhabe, sie hier zu behalten. Ist schon alles irgendwie ziemlich scheiße, wie ich finde. Wieso konnte der Mörder ihn nicht einfach in einer Sauna in Hessen umbringen? Dann wäre uns das Theater hier völlig erspart geblieben."

Inzwischen redeten Knut und Kilian an der Rezeption mit Angelika Tischenreuther.

„Ganz schrecklich, was mit diesem Herrn Schmitz passiert ist. Ich bin immer noch völlig schockiert." Sie schüttelte verständnislos den Kopf.

„Wie fanden Sie ihn denn? Wir haben ja bisher nicht wirklich viel Gutes über ihn gehört." Kilian fragte eher arglos nach, als würde er mit einem Nachbarn über den neuesten Dorfklatsch reden.

Angelika beugte sich ein wenig nach vorne und senkte ihre Stimme.

„Ach hören Sie auf, das war ein richtig unsympathischer Zeitgenosse. Wir als Personal hatten alle unsere Erfahrungen mit ihm, es gibt hier wohl kaum eine Angestellte, die er nicht angegraben oder belästigt hätte. Eine Kellnerin, die abends in der Bar bediente, hat davon ihrem Ehemann berichtet. Der kam dann wutentbrannt ins Hotel gestürmt und hat Dirk Schmitz mit allem Möglichen gedroht. Wegen dem war hier schon was los, kann ich Ihnen sagen."

Sie winkte ab. „Man soll ja über Tote nicht schlecht reden. Ich kann nur so viel sagen, dass wir alle erleichtert sind, dass jetzt ein wenig Ruhe einkehrt."

Knut und Kilian waren bei dem vorletzten Satz von Frau Tischenreuther hellhörig geworden. Knut hakte nach.

„Welche Angestellte war das denn, die ihren Ehemann informiert hat?"

Angelika dachte nach.

„Das müsste die Elena gewesen sein, Elena Hartmann. Sie müssten Sie beim Frühstück gesehen haben, sie hat heute Dienst. So eine große Dunkelhaarige, sehr Hübsche."

Knut nickte. Sie war ihm aufgefallen, weil sie tatsächlich auffallend hübsch war. Lange braune Haare, eine Figur wie ein Model und grüne, leicht schrägstehende Augen mit langen gebogenen Wimpern. Er lächelte leicht.

„Dann würde ich doch sagen, wir halten mal ein kleines Pläuschen mit der netten Dame."

Sie wandten sich zum Gehen, da fiel Kilian noch etwas ein.

„Frau Tischenreuther, hätten Sie zufällig ein weißes Blatt Papier für mich? Und vielleicht einen schwarzen Edding oder so?"

Angelika schaute ihn fragend an. Dann zog sie ein Blatt aus dem Drucker und gab es ihm.

„Ich hoffe, das ist in Ordnung? Mit einem Edding kann ich Ihnen gerade leider nicht dienen, ich habe keine Ahnung, wo unserer hingekommen ist."

Sie wühlte noch ein wenig in der Schublade, in der sich ein ganzes Arsenal Stifte befand und sah ihn dann ratlos an. Kilian wedelte mit dem Blatt.

„Danke trotzdem, Sie haben mir sehr geholfen." Fröhlich pfeifend folgte er Knut, der vorne an den Fahrstühlen auf ihn gewartet hatte.

„Schön, dass man dich mit einem Blatt Papier so glücklich machen kann. Sind wir damit jetzt ein wenig schlauer oder freust du dich gerade einfach?"

Kilian hielt Knut das Blatt unter die Nase.

„Hast du gesehen, wie einfach das gerade war? Genau genommen hätte der Täter es sich sogar noch in einem unbeobachteten Moment selbst aus dem Drucker holen können. Und rate?"

Knut schnalzte mit der Zunge.

„Was soll ich raten? Dass sie dir jetzt keinen Papierflieger oder einen Origami-Schwan daraus basteln wollte?"

Kilian lachte. „Nein, du Komiker. Aber ihr ist gerade aufgefallen, dass sie keinen Edding mehr in ihrer Schublade hat. Und hat sich ein wenig darüber gewundert. Also, was sagt uns das?"

Sie waren mittlerweile im Restaurant angekommen und hatten sich jeder ein Bier bestellt.

„Das sagt uns, dass jemand diesen Stift offenbar ganz dringend gebraucht hat. Vielleicht um ein schönes „Außer Betrieb" auf ein Blatt Papier zu schreiben."

Knut fühlte sich wie Sherlock Holmes persönlich. Kilian schlug mit der Handfläche so dermaßen laut auf den Tisch, dass der älteren Dame neben ihm vor Schreck die Kuchengabel aus der Hand und laut klirrend auf den Teller fiel. Missbilligend und kopfschüttelnd sah sie zu ihm herüber. Kilian sah sie entschuldigend an und wandte sich dann in gemäßigterem Ton an seinen Kollegen.

„Genau, und deshalb stellt sich als nächstes die Frage, wer sich so dringend einen Stift ausleihen musste. Wen könnten wir denn noch fragen, wer wäre aktuell noch im Haus? Wissen wir das zufällig?"

Sie wurden von Elena Hartmann unterbrochen, die ihnen ihr Bier vor die Nase stellte.

„Wohl bekomms, die Herren." Sie lächelte und wollte gerade wieder gehen, da sprach Knut sie an.

„Frau Hartmann, richtig?" Elena sah ihn fragend und ein wenig abwartend an. „Ja, die bin ich. Wie kann ich Ihnen helfen?"

Bevor ihn diese unglaublich schöne Frau für einen merkwürdigen Sonderling oder gar für einen Triebtäter hielt hatte er beschlossen, sich gleich richtig vorzustellen und nicht erst um den heißen Brei herumzureden.

„Mein Name ist Knut Hansen, ich bin Kriminalhauptkommissar und komme von der schönen Insel Föhr. Das neben mir ist mein Kollege Kilian Brandner von der Kripo Flensburg. Wir sind hier eigentlich gerade auf Urlaub und dürften Ihnen also diese Fragen normalerweise gar nicht stellen. Aber uns sind da so ein paar Dinge zu Ohren gekommen, die uns brennend interessieren würden. Natürlich müssen Sie aber nicht mit uns reden, wenn Sie nicht möchten. Sie haben doch bestimmt von dem Mord an Dirk Schmitz gehört, oder?"

Elenas Blick verdunkelte sich sofort. Sie sah sich ein wenig unsicher um, dann wandte sie sich direkt an Knut.

„Natürlich habe ich das. Und wissen Sie was? Das geschieht diesem Schwein nur recht. Ich hatte es selten mit so einem miesen Typ zu tun, wie mit dem!"

Knut konnte kaum den Blick von ihr abwenden und starrte sie regelrecht an. Ihr unterdrückter Zorn ließ ihre Augen glühen und ihre Wangen röteten sich.

„Würden Sie uns erzählen, was damals vorgefallen ist, oder treten wir Ihnen damit zu nahe?"

Elena ließ wieder ihren Blick durch den Gastraum schweifen. Momentan schien keiner etwas bestellen zu wollen, alle Gäste sahen versorgt und zufrieden aus. Also sprach sie weiter.

„Dieser Schmitz hat ungefähr vor einem halben Jahr angefangen, mich anzubaggern. Das ist jetzt nichts Besonderes, Männer, die Urlaub haben sind meistens besser gelaunt und einem Flirt nie abgeneigt."

Knut wandte schlagartig den Blick von ihr und spielte mit dem Salzstreuer vor ihm auf dem Tisch.

„Mit der Zeit wurde er allerdings aufdringlicher, suchte ständig meine Nähe, betatschte mich andauernd und machte alberne und sehr obszöne Bemerkungen. Sowas wie „Du hast so geile Titten, die muss ich mir unbedingt mal näher ansehen", oder „dein Arsch ist so heiß, damit könntest du sogar Tote aufwecken."

Irgendwann hat er mich dann nach Feierabend abgefangen und wollte mir an die Wäsche. Als ich ihm eine knallte, wurde er richtiggehend ausfallend. Ich wäre das allergrößte Miststück, das er kennen würde, so eine dumme Schlampe wie mich würde er nicht einmal mit der Kneifzange anfassen und ich solle doch bleiben, wo der Pfeffer wächst, weil ich ja sowieso zu nichts zu gebrauchen wäre. Ich bin danach heim und habe alles meinem Mann erzählt.

Der war natürlich außer sich vor Wut. Am nächsten Abend hat er mich abgeholt und sich Schmitz vorgeknöpft. Er hat ihn am Kragen gepackt und ihm damit gedroht, ihn wegen Belästigung anzuzeigen. Außerdem würde er seines Lebens nicht mehr froh werden, wenn er nicht auf der Stelle aufhören würde, mich so dumm anzumachen. Ab dem Tag hat Schmitz mich ignoriert und wurde nicht mehr aufdringlich."

Sie atmete tief ein.

Kilian hakte nach. „Hat ihr Mann Herrn Schmitz sonst noch irgendwie gedroht? Also so auf die Art „wenn du deine Finger nicht von meiner Frau lässt bring ich dich um"?"

Elena zuckte mit den Schultern.

„Kann schon sein, er war halt wirklich ziemlich sauer. Ausserdem ist mein Mann ehemaliger Boxchampion, an Kraft fehlt es dem also nicht." Sie lächelte fast schon stolz.

Knut hatte vollstes Verständnis, bei so einer Frau konnten einem schon mal die Sicherungen durchbrennen.

„Frau Hartmann, wo war ihr Mann zum Tatzeitpunkt vorgestern Nacht?"

Elena Hartmann verzog das Gesicht.

„Er ist seit letzter Woche auf Montage in Bayern und kommt auch erst nächste Woche wieder. Und er hat sich tierisch gefreut, als ich ihm erzählt habe, dass dieser Mistkerl tot ist. Sie werden ihn aber wohl kaum verdächtigen, oder etwa doch?"

Kilian stützte sich auf sein Kinn. „Wo genau ist er denn da in Bayern?"

Elena überlegte. „Soweit ich weiß, übernachtet er in Rosenheim, seine Baustelle ist zwei Ortschaften weiter. Sie können gerne bei seiner Firma nachfragen, ich werde ihnen die Nummer aufschreiben."

Kilian lächelte verzückt. „Ach, Rosenheim. Ich habe ganz in der Nähe gewohnt, in Bad Aibling. Dann sagen Sie ihm, wenn er Zeit hat, soll er unbedingt mal in die Gießenbachklamm, dort ist es bei schönem Wetter traumhaft."

Knut legte seine Hand auf Kilians Arm. „Ruhig Brauner, immerhin bist du jetzt ein Fischkopp und hast mit Bayern nicht mehr wirklich viel am Hut."

Kilian stimmte ihm zu, aber seine Gedanken verweilten dann doch noch eine ganze Weile in seiner eigentlich doch recht schönen alten Heimat. Als Elena Hartmann zurück zu den anderen Gästen ging prosteten sie sich zu.

„Was ein Wahnsinns-Weib. Da fallen einem echt alle Sünden ein."

Knut feixte. „Nichtsdestotrotz behaupte ich ja mal, der Mann von Elena fällt als Tatverdächtiger aus. Ich kann mir kaum vorstellen, dass der von Bayern hierherfährt, nur um jemanden in der Sauna zu Tode schwitzen zu lassen. Solche Typen hauen dem anderen einfach ein paar aufs Maul oder stechen ihn kurzerhand ab. Ich glaube nicht, dass der die Geduld gehabt hätte, solange die Tür zu zuhalten."

Er schmunzelte. Kilian pflichtete ihm bei.

„Ich wäre dafür, wir lassen uns von Frau Tischenreuther noch sagen, wer von dem Rest noch alles im Haus ist und fragen mal ganz vorsichtig, ob einer von denen einen Stift für uns hat. Und dann sollten wir uns mit den Mädels treffen, ich habe nämlich jetzt gerade so richtig Lust auf eine schöne große Schweinshaxe."

Kilian leckte sich über die Lippen, Knut schüttelte sich.

„Du bist so eklig, ich verstehe nicht, wie man so etwas essen kann. Es geht doch nichts über einen schönen frischen Fisch. Und ich glaube, den gönne ich mir heute mal, sozusagen zur Feier des Tages."

Kilian war kurz irritiert. „Was feiern wir denn? Wir sind doch keinen Meter weiter als noch heute Morgen."

Er lief Knut hinterher, der schon wieder auf dem Weg zur Rezeption war.

„Also ich feiere, dass meine Anita gerade so unfassbar gute Laune hat und dass sie nicht ganz so ein Hammerschuss ist, wie diese Elena Hartmann. Sonst müsste ich ja dauernd irgendwelche nervigen Verehrer ums Eck bringen. So viel Zeit hab ich nicht."

Kilian lachte schallend.

Eine Stunde später hatten sie mit Susanne Schmitz, Alfred Rohde, Hildegard Lüttenrieder, Heinz Erdmann und Jaqueline Sutter geredet. Jeder von ihnen war erstaunt über die Frage nach einem schwarzen Stift und keiner konnte damit einen Zusammenhang zum Mord herstellen. Kilian war ein wenig enttäuscht.

„Na gut, hätte ja funktionieren können. Komm, wir reden noch mal kurz mit unseren Freiburgern und dann gehen wir essen."

Sein Magen gluckerte und Kilian deutete darauf. „Siehste, sag ich doch."

Sie fanden Stefan Häberle und Gottfried Lechner unten am Seeufer auf dem Gelände des Hotels. Sie standen schweigend nebeneinander, die Hände in den Hosentaschen und starrten hinaus aufs Wasser. Knut schlich sich an und ließ ganz nah hinter ihnen ein fröhliches „Moin" vom Stapel. Gottfried fuhr herum und hätte sich fast an dem „Depp" verschluckt, dass ihm auf der Zunge lag.

„Na, kurze Denkpause? Kann ich verstehen, ihr habt halt auch gerade echt viel an der Backe."

Knut lächelte verständnisvoll und Kilian musste schwer aufpassen, nicht laut zu lachen. Er räusperte sich umständlich.

„Konntet ihr nochmal mit eurem Gerichtsmediziner reden wegen dem Stift?"

Stefan hatte sich wieder zum See herumgedreht.

„Amann meinte, es wäre wohl ein Edding 500 gewesen, man würde das an der Schriftart erkennen. Die wären wohl angeschrägt. Hilft uns aber eigentlich nicht wirklich weiter, oder was meint ihr?"

Knut und Kilian sahen sich an.

„Ja gut, vielleicht jetzt nicht auf den ersten Blick. Aber ich glaube, dass das noch entscheidend werden könnte. Wie geht's denn nun weiter?"

Jetzt drehte Stefan sich um. „Gottfried und ich fahren demnächst nach Freiburg zurück, wir können hier im Moment nichts mehr tun. Der Täter könnte schon weiß Gott wo sein. Und ich vermute mal, der ist sehr viel schlauer als der „Schultes von Strümpfelbach."

Kilian riss die Augen auf.

„Bitte wer? Noch ein Verdächtiger, von dem wir noch nichts wissen? Was hat der mit dem Mord zu tun, und warum ist sein Name bisher noch nirgends aufgetaucht?"

Auch Knut wartete nun gespannt auf die Antwort. Vielleicht würde dieser Strümpfelbach dem Fall eine völlig neue Wendung geben. Aber Stefan lachte nur schallend.

„Das ist ein schwäbisches Sprichwort: Der isch so gscheit wie dr Schultes von Strümpfelbach, der hot kenna durch a Brett gucka, wenn`s a Loch ghet hot."

Knut fuhr sich mit der Hand über sein Gesicht und stöhnte. „Ihr macht mich fertig, echt jetzt! Und warum genau ist unser Täter jetzt schlauer als dieser Strumpfheini?"

Kilian griente. „Also schwäbisch und bayrisch sind ja generell zwei verschiedene Paar Schuhe, oder in dem Fall Strümpfe. Aber ich übersetze mal ganz frei, dass der „Schultes von Strümpfelbach" so schlau war, dass er sogar durch ein Brett gucken konnte, wenn ein Loch drin war, richtig?"

Er sah hinüber zu Gottfried. Der hob den Daumen nach oben. Knut schüttelte mit geschlossenen Augen den Kopf.

„Ok, das mit den „Klootschietern" nehme ich hiermit ausnahmslos zurück."

Und er sehnte sich in dem Moment nach nichts mehr als einem herzlichen „Moin" und einem ehrlich gemeinten „N bäten Grütt ünner de Mütz is väl nütz. OEwer n`gaudes Hart ünner dei West is dat best!"

DAS war ein Sprichwort ganz nach seinem Geschmack und bedeutete soviel wie „ein bisschen Grütze unter der Mütze ist viel wert, aber ein gutes Herz unter der Weste ist das Beste".

Und er träumte vom rauen Nordseewind, dem Watt unter seinen Füßen und einem gewaltigen Stück Friesentorte vom Café „die Insel" in Wyk.

„Wie lange bleibt ihr eigentlich noch hier?" Gottfried riß Knut vehement aus seinen schönsten Träumen.

„Jetzt noch drei Tage, dann geht's wieder ab Richtung Norden."

Bei dem Gedanken daran strahlte er. Stefan reichte Kilian die Hand.

„Also dann Kollegen, es war nett, euch kennengelernt zu haben. Wir werden unsere Ermittlungen von Freiburg aus fortsetzen, hier vor Ort können wir gerade nichts mehr tun. Sollte euch noch irgendetwas Entscheidendes zu Ohren kommen könnt ihr uns ja kontaktieren."

Er überreichte Kilian seine Visitenkarte. „Genießt eure Zeit hier noch."

Er gab auch Knut die Hand, während Gottfried beiden nur zunickte. Dann liefen sie zurück Richtung Hotel. Knut und Kilian standen noch einen Moment auf dem Kiesbett direkt am Ufer und beobachteten das sehr ruhige Wasser, das vor ihnen lag. Knut seufzte.

„Hast du eine Ahnung, wie gerne ich jetzt die Wellen und die Brandung rauschen hören und die Gischt der Nordseewellen in meinem Gesicht spüren würde?"

Es hätte nicht viel gefehlt, und ihm wären die Tränen gekommen. Kilian war ein wenig hin- und hergerissen. In seiner Brust schlugen zwei Herzen. Das eine wollte unbedingt zurück nach Flensburg, in den hohen Norden, wo er sich eigentlich heimisch und angekommen fühlte. Das andere wäre gerne noch ein bisschen hier, weil es sich ein wenig anfühlte wie „alte Heimat". Wobei Rosenheim und der Titisee schon ein gutes Stück voneinander entfernt waren.

„Schluss jetzt mit den Sentimentalitäten! Wir sammeln jetzt unsere Frauen ein und gehen essen. Und dann überlegen wir uns für morgen einen schönen Ausflug. Weil genau genommen haben wir ja bisher nur gearbeitet."

Er zwinkerte Knut zu, der ganz tief seufzte. „Du hast recht, ab jetzt wird sich erholt und die Zeit hier noch genossen."

Sie liefen gemächlich zurück zum „Bergsee®", wo ihre Frauen schon mit vollen Tüten auf sie warteten. Knut linste in eine hinein und zog völlig überrascht einen Bommelhut heraus. Die gabs hier überall. Runde Strohhüte mit roten Bollen darauf.

Anita war völlig hingerissen. „Ich habe mich sogar ein bisschen schlau gemacht: die roten Bollen tragen unverheiratete Frauen, schwarz sind für Verheiratete und lila für Witwen. Und ein traditioneller Bollenhut kann bis zu zwei Kilo wiegen. Die echten Bollenhüte werden von Generation zu Generation weitervererbt und dürfen auch nur von Einheimischen getragen werden."

Stolz blickte sie in die Runde. Knut war über allen Maßen erstaunt. So wissbegierig kannte er seine Anita nicht. Bisher war er der Meinung gewesen, dass sie nicht wirklich viel Interesse an irgendetwas hatte. Jedenfalls hatte sie noch nie einen so dermaßen großen Enthusiasmus an den Tag gelegt wie bei diesem Thema gerade.

„Ich habe mich auch schon mit unserer Föhringer Tracht beschäftigt. Die entwickelte sich nämlich erst vor etwa 100 Jahren aus den früheren Trachten heraus. Und auch sie wird im Normalfall in der Familie weitervererbt. Nur, dass unsere Tracht sehr aufwändig anzulegen ist und mindestens eine zweite Person dabei behilflich sein muss. Ich weiß, aus was für einem Stoff die Schürze, der Rock und die Ärmel bestehen und wie das Kopftuch geschlungen wird. Die Haube darunter wird auch da nur von verheirateten Frauen getragen und ...“

Knut wurde schwindelig von Anitas begeistertem Redeschwall.

„Stopp mal kurz. Sach ma, du bist ja eine richtig kleine Expertin. Ich bin ja völlig von den Socken. Warum sagst du denn nicht, dass du dich für sowas interessierst? Mit deinem Wissen könnte man doch bestimmt in Wyk etwas anfangen.“

Er dachte nach, während Anita mit geröteten Wangen und glänzenden Augen zugehört hatte.

„Im „Carl-Häberlin“ Museum werden doch hin und wieder alte Trachten ausgestellt. Wie wäre es, wenn wir mal nachfragen, ob du da nicht einfach den Besuchern ein bisschen was über unsere schöne Tracht erzählen könntest. Würdest du dir das zutrauen?“

Anita riss die Augen und den Mund sperrangelweit auf.

„Ist das dein Ernst? Glaubst du wirklich, ich könnte das?" Dann überlegte sie.

„Doch, ich glaube daran hätte ich so richtig Spass. Ich beschäftige mich schon so lange damit und habe schon richtig viel darüber gelesen. Das wäre echt toll, wenn ich das anderen auch näherbringen könnte."

Sie klatschte begeistert in die Hände. Knut konnte kaum den Blick von ihr abwenden. Er hatte diese Frau noch nie so voller Eifer und Lebensfreude gesehen. Bisher hatte er immer gedacht, man könne sie für nichts wirklich begeistern. Aber jetzt gerade hatte er eine ganz andere Seite an ihr entdeckt. Sie schien förmlich für dieses Thema zu brennen. Ulrike lachte fröhlich.

„Sie hat mir schon auf dem ganzen Weg vom Geschäft hierher alles Mögliche über diverse Trachten erzählt und auch wenn ich davon bisher überhaupt keine Ahnung hatte fand ich es unglaublich spannend und interessant."

Anita wurde auf ihrem Stuhl gerade mindestens zehn Zentimeter größer. Knut bekam ein Gefühl, dass er selten hatte, wenn er an Anita dachte: Er war stolz.

„Gut, dann machen wir das. Sobald wir wieder daheim sind, setzen wir uns mit dem Friesen-Museum in Verbindung und ab dann teilst du dein Wissen mit dem Rest der Bevölkerung." Er rief nach dem Kellner.

„Mickey, bring uns mal vier Kirschwasser und vier Stück Schwarzwälder Kirschtorte, wir haben etwas zu feiern!"

Kapitel 7 - die Frage aller Fragen

Am nächsten Morgen waren sie alle Vier schon beizeiten aufgestanden. Sie wollten mit dem Bus nach St. Peter ins gleichnamige Kloster. Dort sollte es einen wunderschönen Hochaltar geben, den sich vor allem Kilian und Ulrike gerne ansehen wollten. Knut und Anita wollten eine Tour durch das schöne Klosterdorf unternehmen. Nach einem reichhaltigen Frühstück machten sie sich auf den Weg zum Bahnhof. Die Fahrt dauerte ungefähr eine halbe Stunde und führte sie vorbei an wunderschönen Orten und Landschaften. Anita war ganz hingerissen.

„Schaut euch doch mal um, wie schön es hier ist."

Sie deutete aus dem Fenster, während Kilian ihr eine Hand aufs Knie legte. Sie hatte recht, der Schwarzwald hatte durchaus seine reizvollen Seiten. Aber für Knut war er halt definitiv viel zu weit weg von seiner geliebten Nordsee. Dafür war das Wetter perfekt für diesen Ausflug heute, der Wind wehte leicht durch die Bäume und wenn er die Augen schloss konnte er sich wenigstens ein klein wenig vorstellen, am rauschenden Meer zu sitzen. 25 Minuten später stiegen sie aus dem Bus und verabredeten sich für halb eins zum Mittagessen.

Bis dahin würden sie getrennte Wege gehen, Kilian und Ulrike gingen hoch zum

Kloster und Knut und Anita schlenderten gemütlich Hand in Hand durch das malerische Dörfchen. Anita zog Knut in einen Laden, der seinem Namen alle Ehre zu machen schien. Er war voll von zauberhaften Dingen. Lampen, Kerzen, Stoffen, Seifen, Deko... Anita konnte sich kaum sattsehen. Sie spazierte durch die Gänge, nahm das ein oder andere Teil in die Hand und kam Knut schließlich freudestrahlend mit einer rotkarierten Tischdecke mit weißen Spitzenherzchen verziert in der Hand entgegen.

„Guck mal, die nehmen wir mit, für den Küchentisch. Das Muster wirkt so wunderbar gemütlich und anheimelnd finde ich."

Er nickte wohlwollend. Die letzten zwei Tage hatte sich Anita völlig gewandelt. Sie wirkte ausgeglichen, fröhlich, war ihm gegenüber sehr liebevoll, lachte öfter und entwickelte sich immer mehr zu der Frau, mit der er sich eventuell sogar „mehr" vorstellen konnte. Sie liefen weiter, warfen in jedes Geschäft einen Blick, bummelten durch die engen Gässchen und genossen die gemeinsame Zeit. Gegen viertel nach zwölf machten sie sich auf den Weg in die Gaststätte, in der sie sich mit Ulrike und Kilian verabredet hatten. Das Gasthaus „Jägerhaus" machte auf den ersten Blick einen richtig guten Eindruck. Die Sonnenterrasse lud sofort zum Verweilen ein. Mitten im Grünen, mit einem fantastischen Blick auf die Schwarzwaldberge. Knut und Anita suchten sich ein schattiges Plätzchen und warfen schon mal einen Blick in die reichhaltige Speisekarte. Knut raunte Anita zu: „Mein lieber Herr Gesangsverein, diese Speisekarte klingt ja bombastisch. Hoffentlich kommen Ulrike und Kilian bald, sonst verhungere ich sehenden Auges."

Er sah sich um. Die Sonnenterrasse war gut besucht. Stimmengewirr und das Klappern von Tellern und Besteck klang gedämpft zu ihnen herüber. Etwas weiter hinten saß eine ältere Dame. Knut kniff die Augen zusammen, um sie besser erkennen zu können. Anita folgte seinem Blick.

„Ach, ist das nicht diese süße alte Dame, die vorgestern Geburtstag hatte?" Sie winkte. Und tatsächlich winkte Adelheid Ansbacher zurück. Knut beugte sich zu Anita.

„Ich bin gleich wieder da, bestell mir doch schon mal ein schönes kaltes Bier." Er strich ihr kurz über die Hand und ging dann hinüber zu Adelheid.

„Hallo junger Mann, das ist ja schön, Sie hier so überraschend wieder zu sehen."

Sie strahlte. Was für ein stattlicher Mann. Der hätte ihr in jüngeren Jahren durchaus gefährlich werden können. Seit sie ihren zweiten Mann beerdigt hatte war sie alleine, und das war immerhin inzwischen schon wieder zehn Jahre her. Wenn man ihrem Umfeld Glauben schenken durfte dann war sie mit ihren nun 80 Jahren immer noch eine attraktive Frau. Ihre silbergrauen Haare trug sie in einem modernen schulterlangen Bob, die

Augen strahlten in einem hellen Blau, die Falten in ihrem Gesicht erzählten von einem ereignisreichen Leben. Ihre Stimme klang wunderbar jung und fast schon ein wenig kokett, als sie neben sich auf den freien Stuhl klopfte.

„Was hat Sie denn ins schöne St. Peter verschlagen?" Knut setzte sich neben sie und lächelte.

„Wir sind noch bis übermorgen da und mein Freund wollte sich mit seiner Freundin gerne das Kloster ansehen. Und Sie? Sie sind doch eigentlich aus Freiburg, wenn ich mich recht erinnere?"

Er wollte nicht gleich mit der Tür ins Haus fallen, sonst hätte er sie im gleichen Atemzug auf den Edding angesprochen. Erstmal ein wenig harmlose Konversation, deutlicher werden konnte er ja dann immer noch. Adelheid strahlte zufrieden.

„Sie haben ja mitbekommen, dass ich Geburtstag hatte. Und den habe ich ja mit einem Teil meiner Familie im Hotel verbracht. Jetzt sind meine Freundinnen dran." Sie zeigte fast ein wenig stolz in die Runde.

Mit am Tisch saßen vier weitere Damen, alle ungefähr in Adelheids Alter. Sie nickten Knut freundlich und ein wenig neugierig zu.

Adelheid fuhr fort. „Wir treffen uns hier einmal im Monat. Das Essen ist hervorragend und die Kuchen ein Gedicht. Und in unserem Alter sollte man jeden Tag genießen."

Sie prostete ihm mit einem Glas Sekt zu. „Darf ich Ihnen auch eins anbieten?"

Knut schüttelte lächelnd den Kopf. „Nein danke, ich warte mit meiner Freundin auf unsere Freunde, ich brauche dann erst einmal eine richtige Grundlage."

Er lehnte sich zurück. „Frau Ansbacher, darf ich Sie vielleicht etwas fragen? Während Ihres Hotelaufenthaltes haben Sie sich da zufällig an der Rezeption einen schwarzen Filzstift ausgeliehen?"

Adelheid sah ihn höchst erstaunt an.

„Das ist eine mehr als seltsame Frage, finden Sie nicht auch? Wie kommen Sie denn jetzt darauf?"

Knut fühlte sich ein wenig unbehaglich als er antwortete.

„Wissen Sie, mein Freund und ich sind beide Kriminalbeamte und haben uns bezüglich des Mordes an dem jungen Mann im Hotel mal ein wenig umgehört. Und da kam halt irgendwann ein schwarzer Filzstift, genauer gesagt ein Edding ins Gespräch."

Er wollte Adelheid Ansbacher nicht zu viele Details verraten. Deswegen versuchte er, so geschickt wie möglich darum herumzureden. Adelheid hatte ihn mit offenem Mund angestarrt.

„Oh, wie aufregend. Mädels, benehmt euch, wir sitzen mit einem richtigen Kommissar am Tisch."

Die alten Damen kicherten, zwei von ihnen schauten ihn dabei so unverhohlen an, dass Knut fast schon ein wenig verlegen wurde.

„Aber Sie kommen doch nicht hier aus der Umgebung, oder? Sie haben so einen ganz drolligen Akzent."

Knut zog den Kopf zwischen die Schultern.

„Nein, ich komme von der schönen Insel Föhr, genauer gesagt aus Wyk. Mein Kollege kommt aus Flensburg. Wobei... eigentlich kommt er ja aus Bayern. Ach egal. Auf jeden Fall machen wir hier gerade mit unseren Freundinnen Urlaub. Meine Freundin hat diese Reise zum Titisee bei einem Preisausschreiben gewonnen. Und heute wollten wir uns mal ein bisschen was anderes ansehen." Er hatte seinen Satz kaum beendet da fing die Dame ihm gegenüber an, zu schwärmen.

„Ach, von Föhr kommen Sie? Dort ist es ja so unglaublich schön. Ich war da früher öfter mit meinem Mann und unseren Kindern. So eine wunderbare Luft und tolle Umgebung. Gibt es da für Sie als Polizist viel zu tun? Erzählen Sie uns doch mal ein bisschen von ihrem Ermittleralltag, bitte! Ich höre Ihren Dialekt so gerne."

Die Damenriege beugte sich gespannt nach vorne. Knut war diese ungeteilte Aufmerksamkeit ein Stück weit unangenehm. Er schielte rüber zu Anita, die grinsend den Daumen hob.

„Also schön, aber nur kurz."

Er erzählte ihnen von dem Mordfall, den er und Kilian vor einiger Zeit aufgeklärt hatten, von seiner Insel, dem Strand, den malerischen Dörfchen, den verwinkelten Gässchen und schwärmte vom leckeren Essen.

„Also wenn Sie mal auf Föhr kommen müssen Sie unbedingt die leckere Friesentorte im Cafe „die Insel" probieren. Und im „Pitschis" setzen Sie sich dann in einen der Strandkörbe, blicken hinaus aufs Meer und trinken ein schönes Jever auf mich."

Bei dem Gedanken an daheim bekam er schon wieder Heimweh und musste kurz schlucken. Adelheid, die neben ihm saß, bemerkte das.

„Sie lieben Ihre Heimat sehr, stimmts?" Sanft strich sie ihm über den Arm. Knut schaute verträumt in die Ferne, über die grünen Wiesen und kleinen Weiher bis hin zu den Bergen. Dann sah er Adelheid an.

„Ja, Föhr ist für mich einfach das schönste Fleckchen Erde." Verstohlen wischte er sich kurz über die Augen. Dabei sah er, dass Ulrike und Kilian mittlerweile zurück waren und sich zu Anita an den Tisch gesetzt hatten. Er stand auf und verneigte sich galant.

„Die Damen, es war mir eine helle Freude. Und sollten Sie tatsächlich einmal nach Wyk kommen dann besuchen Sie mich. Ich zeige Ihnen dann gerne meine schöne Insel. Ich lasse Ihnen eine Visitenkarte hier. Genießen Sie noch die Zeit und feiern Sie schön."

Er winkte und ging dann zurück an seinen Tisch. Kilian fragte lachend:

„Was war das denn gerade? Seit wann gibst du den Alleinunterhalter für einsame Damen?"

Knut schnalzte kurz mit der Zunge. „Ich wollte Frau Ansbacher eigentlich etwas fragen, aber dann sind wir irgendwie vom Thema abgekommen. Wobei ich auch nicht wirklich glaube, dass sie etwas damit zu tun hat."

Er griff zur Speisekarte. „So, und jetzt habe ich Hunger. Und ihr erzählt uns, wie es beim Kloster war."

Jaqueline Sutter war inzwischen wieder in Zürich angekommen. Da die Polizei immer noch auf der Suche nach Dirks Mörder war musste sie glaubhaft versichern, dass sie nicht vorhatte, die Schweiz zu verlassen, und zum Beispiel nach Kanada auswandern wollte. Zu ihrer großen Überraschung schien Roberto daheim zu sein, als sie mit ihrem Mini in die Garage fuhr. Jedenfalls stand da sein grauer Bentley und draußen in der Einfahrt parkte der BMW. Jackys Herz klopfte ihr bis zum Hals. Sie fühlte sich gerade nicht bereit, mit

Roberto zu reden. Leise öffnete sie die Tür und hoffte, einer seiner Geschäftspartner habe ihn vielleicht zum Golf spielen abgeholt oder so. Sie ging durch die großzügige Eingangshalle, während ihre hohen Absätze ein ziemlich lautes Klackern auf den italienischen Fliesen hinterließen. Sie ging zunächst in die Küche, weil sie wusste, dass sich ihr Mann dort gerne aufhielt. Er mochte die Atmosphäre des gemütlichen Raumes, die terrakottafarbenen Fliesen auf dem Boden und die verspielten mallorquinischen Fliesen an der Wand. Außerdem kochte er gerne, wenn Freunde zu Besuch kamen. Alles in allem war die Küche eines seiner Lieblingsorte im ganzen Haus. Wenn man vom Garten einmal absah.

Sie ging durchs großzügige Esszimmer ins angrenzende Kaminzimmer. Rufen wollte sie ihn nicht. Sie hatte ein ganz seltsames Gefühl und wollte nicht auf sich aufmerksam machen. Aber auch dieser Raum war leer, ebenso wie die Ankleidezimmer, die beiden Bäder, das Gästezimmer und der Fitnessraum. Sie lief hinunter in den Keller, wo sich ein Schwimmbad und ein Jacuzzi befanden. Aber auch da war ihr Mann nicht. Also blieb ihr jetzt nur der Weg in den Garten. Dieser war großzügig angelegt, mit einer sehr gepflegten Rasenfläche, exotischen Blumen und ausladenden Palmen. Es gab eine Outdoorküche mit einer großen Sitzlounge, wo sie oft mit Freunden abends saßen, grillten, die ein oder andere Flasche Wein tranken und laue Sommernächte genießen konnten. Etwas weiter hinten im Garten stand eine bequeme Sitzgruppe und auf einem der dicken Polster in einem großen Korbsessel saß Roberto.

Er hatte die Hände gefaltet und die Fingerspitzen an die Lippen gelegt. Jaqueline atmete tief durch und schloss für einen Moment die Augen. Dann straffte sie die Schultern und ging lächelnd in seine Richtung.

„Hallo mein Schatz, ich bin wieder da." Sie beugte sich zu ihm herunter und küsste ihn sanft auf die Wange.

Roberto reagierte nicht. Er sah sie nicht einmal an. Jackys innere Unruhe wuchs. Sie setzte sich ihm angespannt gegenüber.

„Ist irgendetwas passiert?"

Sie hielt die Spannung, die in der Luft lag kaum noch aus. Roberto, der die ganze Zeit auf den Boden gestarrt hatte richtete nun seine Augen auf sie. Sie erschrak. Sein Blick war eiskalt, ohne jegliches Gefühl. Schon gar keine Freude über ihre Rückkehr.

„Na? Hattest du eine schöne Zeit?"

Seine Stimme klang ein wenig zynisch und vor allem sehr herausfordernd. Jacky fühlte sich immer unwohler. Sie zuckte mit den Achseln.

„Ja, war ganz schön. Wir waren oft schwimmen, haben lecker gegessen und haben uns einfach verwöhnen lassen."

Sie versuchte, so normal wie möglich zu klingen, bemerkte aber selbst, dass ihre

Stimme leicht zitterte. Roberto hatte seine Haltung noch nicht verändert. Er starrte sie an, seine Gesichtszüge verhärteten sich.

„Soso, die Damen haben sich also verwöhnen lassen. Dann solltest du ja jetzt vollkommen entspannt sein, richtig? Wart ihr denn auch in der Sauna?"

Jacky hätte beinahe kurz aufgeschrien, dann schüttelte sie sich leicht.

„Du weißt doch, dass ich nicht so die Saunagängerin bin. Also warum fragst du?"

Jetzt nahm Roberto die Hände runter und legte sie übereinander gefaltet auf seine Knie.

„Nun ja, ich weiß ja nicht, ob ich so entspannt wäre, wenn man meinen Liebhaber tot in der Sauna gefunden hätte."

Er starrte sie bewegungslos an. Jaqueline hatte für einen Moment das Gefühl, ohnmächtig zu werden. Vor ihren Augen drehte sich alles und ihr Herz setzte für einen Moment völlig aus. Das konnte doch jetzt nicht wahr sein! Woher wusste er das? Seit wann wusste er es?

Jacky getraute sich kaum zu atmen. Dann herrschte er sie völlig unvermittelt an. „Hast du nichts dazu zu sagen?"

Sie erschrak. Ihre Hände bewegten sich fahrig und ihr Mund wurde trocken. Sie überlegte fieberhaft, was sie als Nächstes sagen sollte.

Dann flüsterte sie erstickt: „Woher weißt du das?"

Roberto lachte kurz höhnisch auf.

„Sagt dir der Name Alfred Bernauer etwas?"

Jaqueline dachte kurz nach, dann nickte sie.

„Ja, das ist dein Prokurist, oder?" Roberto lächelte süffisant.

„Richtig geraten und weißt du was? Alfred war jetzt ein paar Tage in Urlaub, weil ich fand, dass er sich den redlich verdient hatte. Ich habe ihm empfohlen, an den Titisee zu fahren. Du hättest so sehr davon geschwärmt, dass es dort bestimmt traumhaft schön sein muss. Ich habe ihm auch die Adresse des Hotels gegeben, in dem du immer bist. Die wusste ich, weil du ja die Rechnung immer mit meiner Kreditkarte bezahlst."

Er machte eine kleine Pause und lächelte wieder. Jaqueline war inzwischen kreidebleich. Roberto fuhr unbeirrt fort.

„Und jetzt rate doch mal, wen er dort so ganz zufällig gesehen hat..."

Wieder machte er eine Pause. Jaqueline wäre am liebsten aufgesprungen und weggerannt.

„Da sitzt meine Frau mit einem meiner Angestellten beim Essen. Der benimmt sich wie der letzte Mensch und nach einem Streit mit den anderen Hotelgästen verlassen beide Hand in Hand den Speisesaal. Ist das nicht bis dahin eine unglaublich romantische Geschichte?"

Seine Stimme tropfte vor Ironie. Jaqueline traten Tränen in die Augen.

„Bitte Roberto, lass es mich dir erklären...! Doch der knurrte sie an: „Schweig!" Dann lächelte er wieder.

„Es geht ja noch weiter. Offenbar wart ihr Beiden schon öfter dort, Bernauer hat nämlich danach mal so einige Nachforschungen betrieben. Insgesamt neunmal hast du mir erzählt, du wärst mit deiner besten Freundin auf einem Mädels Wochenende. NEUNMAL!!"

Er schrie ihr das Wort entgegen, Jacky zuckte nervös zusammen.

„Und ich Idiot habe mich immer gefreut, dass du so gut erholt und fröhlich zurückkamst. Dabei hast du dich einfach nur drei Tage am Stück durchvögeln lassen. Kein Wunder, dass deine Laune danach immer so gut war."

Er deutete auf sich.

„Der Alte hier schafft es wohl nicht mehr, seine Frau zu befriedigen, nicht wahr? Und offensichtlich bin ich auch nicht „Arschloch" genug für dich."

Er lehnte sich zurück und schien jetzt wieder seltsam ruhig zu werden. Jaqueline liefen mittlerweile Tränen über das Gesicht. Sie wusste nicht, was sie sagen sollte, ihr Kopf schien völlig leer zu sein und sie konnte gerade keinen klaren Gedanken fassen. Noch bevor sie zu einem Satz ansetzen konnte redete Roberto schon wieder weiter.

„Jetzt kannst du dir natürlich meine große Überraschung vorstellen, als Alfred mir am Telefon mitteilte, man hätte deinen

Liebhaber, diesen Schmitz tot in der Sauna gefunden. Was soll ich sagen? Mein Mitgefühl hält sich verständlicherweise sehr in Grenzen. Im Gegenteil, ich muss dem Mörder ja eigentlich dankbar sein. Da hat mir jemand praktischerweise sehr viel Arbeit und Ärger erspart."

Fast schon genüsslich lehnte er sich zurück und rieb sich die Hände. Jacky starrte ihn an. Was wollte er ihr damit gerade sagen?

„Heißt das, du hättest Dirk umgebracht, wenn du die Gelegenheit dafür gehabt hättest?"

Roberto hob die Schultern.

„Glaubst du wirklich, ich lasse mir von so einem Drecksack die Frau ausspannen?"

Jaqueline war fassungslos und entsetzt. So dermaßen wütend und regelrecht ordinär kannte sie Robert nicht. Er achtete im Normalfall sehr auf seine Ausdrucksweise und war eigentlich immer ausgesucht höflich. Dann überlegte sie. Konnte es sein, dass Roberto seinen Prokuristen absichtlich ins gleiche Hotel geschickt hatte, um sie zu beobachten und ihm Bericht zu erstatten? Und was wäre, wenn er Alfred Bernauer zum Mord angestiftet hat? Sie musste mit diesem dicken Kommissar aus Freiburg reden, dringend. Roberto beobachtete sie.

„Hast du mir jetzt vielleicht irgendetwas dazu zu sagen?"

Er sah sie abwartend an. Jaqueline griff sich an den Hals, sie hatte das Gefühl, ihr würde die Luft wegbleiben. Vor dieser Frage hatte es ihr schon die ganze Zeit gegraut.

„Ich weiß nicht, was ich sagen soll, außer dass es mir unfassbar leidtut. Die Sache mit Dirk war ein einziger, riesengroßer Fehler und ich bereue jeden Moment, das kannst du mir glauben."

Dann ging sie in die Offensive.

„Aber mir hat einfach immer etwas gefehlt. Du bist nie da und wenn, dann hast du keine Zeit für mich. Immer geht die Firma bei dir vor, du telefonierst, triffst dich mit Geschäftspartnern, hast da mal einen Termin und dort ein Geschäftsessen. Ganz zu schweigen von den ganzen offiziellen Anlässen, bei denen ich hinter dir her trotte wie ein dressiertes Schoßhündchen. Wann haben wir das letzte Mal miteinander Zeit verbracht? Waren etwas essen, spazieren oder haben einfach nur geredet? Mir fehlen die Momente wie ganz zu Anfang unserer Ehe, in denen ich noch gemerkt habe, dass ich dir wichtig bin. Ich will einfach wieder deine Frau sein, kein aufgerüschtes Anhängsel. Verstehst du das??"

Energisch wischte sie sich die Tränen vom Gesicht. Roberto sah sie unbeweglich an.

„Und was willst du jetzt von mir? Etwa Mitleid? Oder die Absolution für deine Betrügereien?"

Er zog die Augenbrauen nach oben.

„Sorry meine Liebe, aber ganz so einfach ist das nicht."

Er überkreuzte die Arme und schien zu überlegen. Dann wechselte er abrupt das Thema.

„Was hat die Polizei denn zu dir gesagt? Ich nehme mal an, sie haben dich verdächtigt, ihn umgebracht zu haben, richtig?"

Jacky schniefte verzweifelt. „Natürlich haben sie mich verdächtigt. Aber ich war die ganze Nacht im Bett und habe geschlafen, das konnte ich ihnen glaubhaft versichern."

Robert lachte spöttisch.

„Du hast also die ganze Nacht alleine im Bett verbracht und hast geschlafen? Dir ist nicht irgendwann aufgefallen, dass dein Liebhaber nicht neben dir liegt? Und wer soll dir das geglaubt haben, bitteschön?"

Der Hohn und unverhohlene Zynismus in seiner Stimme tat ihr unglaublich weh.

Sie stöhnte auf. „Ich hatte ein Schlafmittel genommen. Wir hatten uns vorher ziemlich gestritten, weil ich einen Tag früher abreisen wollte als geplant. Das hat ihn ziemlich wütend gemacht und er wollte dir alles über uns erzählen. Ich hatte mich schon vorher dafür entschieden, diese Affäre zu beenden, das musst du mir glauben. Ich wollte zurück zu dir und noch einmal ganz von vorne beginnen."

Ihre letzten Sätze wurden immer leiser. Sie hatte den Kopf gesenkt und weinte. Roberto stand auf und ließ seinen Blick ziellos durch den Garten schweifen.

„Ich muss erst mal ein Weilchen für mich alleine sein und nachdenken. Du wirst das verstehen, nehme ich an. Ich werde mir von Dora eines der Gästezimmer herrichten lassen. Ab morgen bin ich vier Tage auf Geschäftsreise, vielleicht können wir danach noch einmal in aller Ruhe reden. Jetzt bitte ich dich, mich einfach in Ruhe zu lassen."

Ohne sie noch einmal anzusehen ging er zurück ins Haus. Jaqueline schluchzte laut auf. Hätte sie Dirk doch nur an diesem besagten Abend einfach stehen gelassen und wäre wieder zurück nach Zürich gefahren. Aber jetzt war es zu spät. Sie saß noch eine Weile unbeweglich auf dem Korbsessel und starrte ins Leere. Dann fiel ihr wieder ein, was Roberto über den Mord gesagt hatte. Sie ging ebenfalls zurück ins Haus und machte sich auf die Suche nach ihrer Handtasche. Sie hatte sie beim Nachhause kommen in die Küche gestellt. Unsicher sah sie sich um, aber von Roberto war keine Spur zu sehen. Sie kramte ihr Handy und eine Visitenkarte hervor, dann ging sie zurück in den Garten, um ungestört telefonieren zu können.

„Herr Häberle, hier spricht Jaqueline Sutter, erinnern Sie sich? Ich glaube, ich muss Ihnen etwas erzählen...

Stefan Häberle und Gottfried Lechner waren in Begleitung von zwei Schweizer Polizeibeamten und hatten Alfred Bernauer in seinem Büro überrascht. Der Prokurist war allerding nur mäßig erstaunt über das Auftauchen der beiden Kommissare. Eigentlich hatte es ihn schon gewundert, warum er bisher nicht im Visier der Ermittler gestanden hatte.

„Ach da guck an, die beiden Kommissare aus dem Schwarzwald. Was verschlägt sie denn in unser wunderschönes Land?

„Herr Bernauer, lassen Sie die dummen Scherze. Sie wissen sehr genau, warum wir hier sind. Einer der Angestellten dieser Firma wurde vor drei Tagen in dem Hotel ermordet, in dem Sie zeitgleich zu Gast waren. Also: Wo waren sie am Tatabend zwischen null Uhr und zwei Uhr nachts?"

Alfred spielte mit einem Kugelschreiber, der vor ihm auf dem Tisch lag.

Völlig entspannt antwortete er:

„In meinem Zimmer Herr Kommissar, wo soll ich denn sonst gewesen sein?"

Stefan Häberle rollte mit den Augen. Immer die gleichen Antworten, immer dieselben unschuldigen Gesichter. Dabei war er sich sicher, dass der Mörder oder die Mörderin unter dem Kreis seiner Verdächtigen zu finden sein würde.

„Kann das jemand bezeugen? Ach nein, lassen Sie mich raten, Sie schlafen grundsätzlich alleine, richtig?"

Alfred schien sich zu amüsieren.

„Nun ja, nicht grundsätzlich, aber überwiegend, das ist richtig. Und an dem Abend war es leider so. Ich befürchte also, ich kann ihnen leider nicht weiterhelfen."

Er klackerte mit dem Stift in seiner Hand und Gottfried musste sich beherrschen, um ihn ihm nicht aus der Hand zu schlagen. Überhaupt war ihm dieser Bernauer zutiefst zuwider. Sein überhebliches Grinsen und seine affektierte Art machten ihn für Gottfried von vorne herein unsympathisch. Er zog hörbar Luft durch die Nase.

„In was für einem Verhältnis standen Sie zu dem Opfer?"

Alfred lachte fett. „Also ich würde ja mal sagen, dass mit dem Verhältnis passt ja dann wohl eher zu der Frau vom Chef, nicht wahr? Schmitz war einer der Angestellten von Roberto, ein Macho wie er im Buche steht. Der hat so ziemlich alles auf Betriebsfesten hier in der Firma angebaggert, was nicht schnell genug auf einem Baum war oder flüchten konnte. Ein ziemlich unangenehmer Mensch, er war hier nicht sonderlich beliebt. Also wenn sie hier im Betrieb eine Umfrage starten würden wäre mehr als die Hälfte jetzt ebenso tatverdächtig. Dem hätte über kurz oder lang jeder gerne etwas angetan."

Stefan nickte. „Wir haben jetzt schon öfter gehört, dass Herr Schmitz wohl zu den weniger geschätzten Kollegen gehört hat. Nichtsdestotrotz waren SIE zum Tatzeitpunkt im gleichen Hotel wie unser Opfer und sie kannten sich sogar."

Alfred schüttelte den Kopf.

„Kennen wäre viel zu viel gesagt. Schmitz war einer unserer Außendienstler und dementsprechend nicht allzu oft hier vor Ort anzutreffen. Gott sei Dank möchte ich sagen. Persönlich sind wir uns sogar noch nie über den Weg gelaufen. Als Roberto mir dann sagte, ich solle doch die drei Tage mal ein kleines Auge auf seine Frau und unseren Casanova werfen war ich auch sehr erstaunt, das dürfen Sie mir glauben. Immerhin hätte ich der Frau von unserem Chef keine Affäre mit diesem Hallodri zugetraut."

Stefan und Gottfried sahen sich erstaunt an. „Sagten Sie gerade, Herr Sutter hätte sie deswegen an den Titisee geschickt? Um ein Auge auf seine Frau zu haben?"

Alfred nickte eher gleichgültig.

„Dabei hätte ich mich echt über ein paar schöne Urlaubstage gefreut. Aber nein, ich musste ja den Babysitter für diese scharfe Braut und ihren Geliebten spielen. Wobei es da nicht wirklich viel zu sehen gab. Abends haben sie sich im Restaurant gezofft, weil Schmitz sich mal wieder überhaupt nicht unter Kontrolle hatte. Und als ich später am Abend noch ein wenig ins Schwimmbad gegangen bin war er auf einmal auch da, in Begleitung von drei weiteren Herren. Also ohne seine blonde Granate."

Er lehnte sich in seinem Bürostuhl zurück und fing an zu wippen.

„Ich bin dann recht bald aus dem Wasser und hoch in mein Zimmer. Dieses affige Getue wollte ich mir nicht antun. Das es Schmitz in der Nacht erwischt hat habe ich erst nachmittags erfahren, als es sich im Hotel herumgesprochen hatte."

Gottfried blätterte ein wenig hektisch durch seinen Notizblock.

„Aber wieso waren Sie denn nicht auf der Liste unserer Verdächtigen? Ich dachte, wir hätten alle verhört, die zeitgleich mit Herrn Schmitz im Speisesaal waren?"

Auch Stefan grübelte. Warum war dieser Alfred Bernauer bisher nirgends in Erscheinung getreten oder jemandem aufgefallen? Alfred grinste wie jemand, dem ein lange ausgeheckter Streich gelungen war.

„Ich habe mich ein wenig unter die Geburtstagsgesellschaft von dieser alten Oma gemischt. Und ihr habt nur sie und ihren Neffen befragt, der Rest hatte ja quasi das Gleiche miterlebt. Also war ich raus aus der Nummer. Und dass ich abends auch nochmal im Schwimmbad war hat offenbar keinen mehr interessiert."

Stefan war leicht entsetzt. Er schaute mit zusammengezogenen Augenbrauen zu Gottfried, der immer noch hilflos in seinem Block herumblätterte.

„Gut Herr Bernauer, dann muss ich Sie bitten, die beiden Beamten hier für ein Protokoll auf die Wache zu begleiten. Und nach Möglichkeit ohne weitere Diskussionen."

Alfred Bernauer erhob sich langsam. „Werde ich irgendwie verdächtigt oder was wird das hier?"

Stefan hielt ihm die Bürotür auf. „Bis jetzt sind Sie für uns noch nicht mehr als ein Zeuge und wir möchten Ihre Aussage protokollieren."

Dann wandte er sich an Gottfried. „Gib bitte mal im Revier Bescheid, die möchten einen Wagen zu Roberto Sutter schicken. Ich bin nämlich der Meinung, wir sollten dem Herrn mal einen Besuch abstatten."

Gottfried telefonierte und zwanzig Minuten später standen sie mit zwei weiteren Beamten bei Jaqueline und Roberto Sutter im Hausflur. Dora, die Hausdame hatte ihnen geöffnet.

„Herr Sutter wird gleich bei Ihnen sein. Möchten Sie vielleicht vorab mit seiner Gemahlin vorliebnehmen?"

Man hörte Dora Füregger überdeutlich an, dass sie von Jaquelines Anwesenheit nicht sonderlich viel zu halten schien. Sie war nun schon fast dreißig Jahre bei der Familie angestellt und hatte sich immer sehr um das

Wohlergehen aller Familienmitglieder ge-
sorgt. Als Roberto dann dieses junge Ding an-
schleppte wusste sie gleich, dass das irgendwann einmal Ärger geben würde. Als sie nun
mitbekommen hatte, was man ihrem Chef
quasi angetan hatte hätte sie am liebsten ein
Machtwort mit Roberto geredet und ihn zum
rigorosen Rausschmiss dieser treulosen Person aufgefordert.

Aber so sehr Roberto Dora auch brauchte
und schätzte, in sein Privatleben und insbe-
sondere in seine Ehe ließ er sich auch von ihr
nicht hineinreden. Schon damals bei seiner
ersten Ehe nicht. Und auch die war einige
Jahre später grandios gescheitert. Stefan lächelte.

„Ach, wenn Frau Sutter im Hause ist
würde ich die Gelegenheit natürlich nutzen.“

Dora nickte gleichgültig. Dann marschierte sie strammen Schrittes die Treppe
nach oben Richtung den Schlafgemächern.
Stefan und Gottfried sahen sich um. Es war
überdeutlich zu sehen, dass sich Roberto Sutter mit seiner Firma offenbar ein goldenes
Näschen verdient hatte. An den Wänden hingen teure Gemälde namhafter Künstler, auf
die Teppiche in der Eingangshalle traute man
sich kaum zu treten und überhaupt strahlte
das ganze Haus eine durch und durch edle
Noblesse aus. Gottfried bewunderte den schicken und doch relativ kühlen Einrichtungsstil, während Stefan das Ganze eher nüchtern
betrachtete.

„Also für mich wäre das ja nichts. Hier käme ich mir ja selbst vor wie ein Einrichtungsgegenstand. Da lobe ich mir doch mein kleines aber feines und vor allem gemütliches Einfamilienhäuschen."

Er steckte die Hände in die Hosentasche und dachte an daheim. Seine Frau Gerlinde und er waren jetzt 20 Jahre verheiratet. Er war eher der Spätzünder gewesen und hatte vor Gerlinde nur zwei wirklich ernstzunehmende Beziehungen gehabt. Beide gingen damals in die Brüche, weil Stefan zunächst Karriere machen wollte und wenig Zeit für seine Freundinnen hatte. Als er Gerlinde kennenlernte wusste er, dass sie anders war als all die anderen. Sie unterstützte ihn, hielt das Haus in Ordnung und ging halbtags als Sekretärin arbeiten. Abends sahen sie gerne gemeinsam Quizshows im Fernsehen und an den Wochenenden gingen sie zusammen mit Freunden wandern, kegeln oder veranstalteten Spieleabende. Stefan liebte sein Leben und seine Gerlinde und konnte sich so ein Schickimicki-Leben, wie es die Sutters zu führen schienen, niemals vorstellen. Noch während er völlig in Gedanken bei seiner Frau und seinem Zuhause war kam Jaqueline die Treppe heruntergeschwebt. Sie trug ein buntes Tüllkleid, das ihren schlanken Körper perfekt umwehte. Ihre blonden langen Locken schwangen zu einem Pferdeschwanz gebunden ihren Rücken hinunter. Selbst Stefan musste kurz schlucken, sie sah einfach hinreißend aus.

„Ach, Herr Häberle und Herr Lechner, so sieht man sich wieder."

Sie reichte ihnen die Hand. Gottfried zog kurz hörbar die Luft ein. Jaqueline erfüllte den Raum mit einem schweren, süßen Duft, der einen kurz schwindelig machte. Selbst Stefan war kurzzeitig sehr angetan und wirkte leicht paralysiert, wurde aber recht schnell wieder offiziell.

„Frau Sutter, ich grüße Sie. Wie geht es Ihnen?"

Bei genauerem Hinsehen hätte er sich die Frage allerdings sparen können. Jackys Augen war rot und geschwollen, unter ihren Augen befanden sich tiefe Ringe. Offensichtlich machte ihr die Gesamtsituation schwer zu schaffen.

„Wollen wir uns vielleicht in den Garten setzen? Mein Mann telefoniert noch, müsste aber gleich da sein. Dora, bringen Sie uns bitte Kaffee und ein bisschen Gebäck auf die Terrasse?"

Dora grummelte ein „Wie Sie wünschen." und entschwand in die Küche. Barfuß und leichtfüßig ging Jaqueline vor Stefan und Gottfried Richtung Garten. Sie deutete auf zwei der sechs Stühle, die rund um den wuchtigen Glastisch standen. Die beiden Züricher Polizeibeamte blieben in einiger Entfernung stehen und warteten ab.

„Nehmen Sie doch bitte Platz. Schön, dass Sie meinem Hinweis gefolgt sind. Konnten Sie schon mit Alfred Bernauer sprechen?"

Stefan wusste jetzt nicht genau, was er sagen sollte. Immerhin ging Frau Sutter der Inhalt des Gespräches nichts an und er versuchte, ein wenig drumherum zu reden.

„Ja, wir konnten mit ihm sprechen, deswegen sind wir nun hier. Wussten Sie, dass Ihr Mann schon vorher von ihrem Verhältnis mit Dirk Schmitz wusste?"

Jacky wurde blass und sie schloss für einen Moment die Augen.

„Nein, das wusste ich nicht. Aber wie kommen Sie denn jetzt darauf?"

Stefan ließ seinen Blick mehr unabsichtlich über ihre schönen langen, braungebrannten Beine streifen.

„Ihr Mann hat Herrn Bernauer sozusagen beauftragt, Sie und Schmitz ein wenig zu beobachten und ihm dann Bericht zu erstatten. Was natürlich Alfred Bernauer und ihn in dem Moment zu unseren Hauptverdächtigen macht. Es könnte ja durchaus sein, dass ihr Mann seinen Prokuristen damit beauftragt hat, Schmitz umzubringen. Das versuchen wir nun herauszufinden."

Jaqueline ließ den Kopf hängen.

„Ich hatte so etwas ähnliches befürchtet, nachdem ich mit Roberto geredet hatte. Deshalb habe ich Sie nochmals kontaktiert."

Sie wirkte nun so hilflos und jung wie ein kleines Mädchen und Stefan hätte sie aus einem Impuls heraus fast umarmt. In dem Moment tauchte Roberto Sutter auf der Terrasse auf. Hinter ihm erschien Dora mit einem

Tablett, auf dem eine große Kaffeekanne, vier Tassen, eine Schale mit Zucker, ein Kännchen Milch und ein Teller feinstes Schweizer Gebäck stand. Stefan schnappte sich sofort einen Keks, noch bevor er Roberto begrüßt hatte.

„Bitte entschuldigen Sie, aber bei Süßem vergesse ich meine gute Kinderstube."

Er lachte und schob sich den ganzen Keks zwischen die Lippen. Roberto wäre beinahe ein „ja, das sieht man" herausgerutscht. An seinem sehr athletisch wirkenden Körper war kein Gramm zu viel und er strahlte, trotz seines Alters eine unglaublich starke und anziehende Männlichkeit aus. Außerdem wirkte er sehr urban, was ihn für Gottfried schon wieder zu einer Art Dorn im Auge werden ließ. Dora schenkte ein, dann zog sie sich leise zurück. Roberto steckte sich ein Zigarillo an und inhalierte den Rauch tief.

„Wie kann ich den Herrschaften weiterhelfen?"

Er klang sehr souverän, so als hätte er nichts zu befürchten.

„Herr Sutter, mein Name ist Stefan Häberle und das ist mein Kollege Gottfried Lechner. Wir sind von der Kripo Freiburg und ermitteln im Mordfall Dirk Schmitz. Ich denke, die Vorgeschichte zu unserem Erscheinen dürfte jedem hier am Tisch nur zu gut bekannt sein. Also mache ich es kurz und bündig: Sie und Alfred Bernauer werden beschuldigt, gemeinschaftlich Herrn Schmitz in der Sauna ermordet zu haben."

Roberto Sutter lachte laut auf und verschluckte sich fast an seinem Zigarettenrauch.

„Nun Herr Kommissar, es tut mir ja leid, Ihnen da den Wind aus den Segeln nehmen zu müssen. Aber ich habe Alfred lediglich darum gebeten, ein kleines Auge auf meine Frau zu haben. Zu Recht, wie wir ja wissen."

Er sah Jaqueline durchdringend an. „Das man Schmitz ermordet hat ist zwar bedauerlich, oder halt auch nicht. Aber weder Bernauer noch ich haben damit etwas zu tun. Und ich glaube, ich kann Ihnen das sogar beweisen."

Er stand auf, holte seinen Laptop und tippte darauf herum. Dann drehte er das Gerät zu Häberle und Lechner, die beide darauf starrten, als würde sie dort das achte Weltwunder erwarten. Stefan verstand nicht ganz, was Sutter ihnen da zeigen wollte. Gottfried war technisch ein wenig versierter und hatte schneller verstanden, auf was der Firmeninhaber hinauswollte. Er hatte mit Bernauer zwischen elf Uhr abends und drei Uhr nachts fast minütlich regen E-Mail Verkehr, das ließ sich eindeutig durch die angezeigten Uhrzeiten belegen.

„Wir werden im September eine Filiale in Mallorca eröffnen, da gibt es immer einiges zu klären. Und ich denke mal, das kann man auf Alfreds Laptop genauso gut nachvollziehen. Sie haben da doch bestimmt fähige Kräfte bei der KTU, oder wie nennt sich das?"

Stefan fühlte sich ein wenig überrumpelt. Hätte Alfred Bernauer das nicht gleich sagen können? Ein kleiner Geistesblitz kam ihm allerdings dann doch noch.

„Sie haben das Gerät ja nun auch gerade irgendwo hergeholt. Und genauso gut hätte es Herr Bernauer mit in den Saunabereich nehmen können, denken Sie nicht auch?"

Sutter lächelte. „Ich muss Ihnen durchaus recht geben, aber einen Drucker mitzuschleppen wäre doch eher sinnfrei, finden Sie nicht?"

Stefan runzelte fragend die Stirn.

„Ich hatte Alfred an dem Abend einiges an Formularen geschickt, die er ausdrucken musste. Ich bin mir ziemlich sicher, man kann anhand der Druckdaten noch die Uhrzeit nachvollziehen."

Roberto lehnte sich zurück und trank einen Schluck Kaffee.

Stefan atmete tief ein. Na klasse. Und somit gingen ihnen wieder mal zwei Verdächtige komplett flöten. Er erhob sich, Gottfried tat es ihm gleich.

„Also dann, entschuldigen Sie bitte die Störung. Wir werden Ihre Angaben natürlich überprüfen, aber ich denke, dabei wird es sich um eine reine Formalität handeln."

Er nickte Roberto Sutter zu. Jaqueline erhob sich.

„Ich begleite Sie noch zur Tür."

Die beiden Polizeibeamte wussten nicht so recht, wo sie hinschauen sollten, als diese wunderschöne Frau an ihnen vorbeilief. Sie sahen sich aus den Augenwinkeln heraus feixend an. Stefan haute im Vorbeilaufen einem der beiden auf die Schulter.

„Auf geht's Kollegen, wir gehen. Unsere Arbeit hier ist erledigt." Dann wandte er sich an Jaqueline.

„Frau Sutter, es tut mir leid, dass wir hier nicht wirklich viel mehr ausrichten konnten. Ich weiß, Sie hatten ein wenig gehofft, dass wir den Mörder von Dirk Schmitz heute verhaften können. Aber ich verspreche Ihnen, dass wir an der Sache dranbleiben werden. Und wir werden Sie informieren, sobald es etwas Neues gibt, versprochen."

Er drückte ihr ein wenig zu fest die Hand und sah sie zuversichtlich an. Sie nickte seufzend.

„Danke für Ihre Mühe. Kommen Sie gut zurück nach Freiburg." Dann drehte sie sich um und schloss die Tür hinter sich. Gottfried ließ resigniert die Schultern hängen.

„Also dann, auf zurück in den Schwarzwald. Unsere Arbeit scheint hier vollkommen erledigt zu sein. Eigentlich schade, ich hätte jetzt hier schon gerne unseren potentiellen Mörder mitgenommen und eingebuchtet."

Langsam trottete er zum Auto. Stefan hatte die letzten Minuten einige Löcher in die Luft gestarrt, jetzt schüttelte er sich kurz und folgte langsam seinem Kollegen.

Kapitel 8 – Knut, Kilian und Kommissar Zufall

Knut, Anita, Kilian und Ulrike nutzten nach einem wunderschönen Tag in St. Peter und einem leckeren Abendessen die Zeit noch ein wenig und vergnügten sich im warmen Wasser des Hotelschwimmbades. Es war ihr letzter Abend hier und gerade Anita wollte diesen noch einmal ausgiebig genießen.

„Ach, das ist so herrlich. Ich glaube, wenn wir wieder daheim sind gehe ich öfter mal schwimmen. Und du kommst mit!"

Sie schwamm zu Knut hin, der sich wie gewohnt lieber am Beckenrand aufhielt, und spritzte ihm Wasser ins Gesicht. Anita lachte.

„Ich glaube, regelmäßige Bewegung würde uns beiden ganz guttun." Knut musste schmunzeln.

„Von mir aus darfst du dich gerne mehr bewegen. Wir sollten nur aufpassen, dass dein Hintern davon nicht kleiner wird. Der ist nämlich perfekt so, wie er ist."

Anita lief feuerrot an und hielt sich die Hände an die Wangen.

„Knut Hansen, du spinnst höchstgradig, würde ich mal behaupten."

Dabei kicherte sie wie ein Teenager nach dem ersten Kuss. Kilian kam zu den Beiden herübergeschwommen, Ulrike lag mit einem Buch auf einer der Liegen am Beckenrand.

„Wie wäre es nachher noch mit einem kleinen Absacker an der Bar? Wer weiß, wann wir uns das nächste Mal wieder in aller Ruhe sehen?"

Knut nickte begeistert. „Das klingt nach einem Plan. Wobei ich ja gerne nochmal einen kurzen Blick in den Saunabereich werfen würde. Kommst du mit?"

Ihm ließ dieser Mord keine Ruhe. Und dass sie nicht eine einzige Spur zum Mörder hatten wurmte ihn ein wenig. Natürlich sollte es ihm eigentlich egal sein. Immerhin hatte er Urlaub und die Freiburger Kollegen würden schon wissen, was sie tun. Er stieg aus dem Wasser und schlüpfte in seine Badelatschen. Kilian kam ihm hinterher. Gemeinsam gingen sie um die Ecke durch den Gang Richtung Sauna. Zu ihrem Glück war gerade niemand drin und sie konnten sich in Ruhe umsehen. Knut öffnete die Glastür. Er setzte sich auf eine der Holzbänke, danach legte er sich auf den Boden. Dann fiel ihm etwas ein.

„Kilian, geh du mal vor die Tür und halte sie zu. Ich will mal was ausprobieren."

Kilian tat wie ihm geheißen, ging nach draußen und drückte gegen den gravierten Holzgriff. Knut lag immer noch auf dem Boden und versuchte nun, von innen gegen das Glas zu drücken. Kilian musste kräftig dagegenhalten, dass die Tür geschlossen blieb.

„Ok, kannst loslassen."

Kilian ließ so abrupt los, dass Knut die Tür mit Karacho nach außen gegen die Wand pfefferte und er selbst fast mit dem Kopf auf den Boden aufschlug.

„Sach ma, hackts bei dir? LANGSAM loslassen wäre jetzt die Devise gewesen."

Er rappelte sich auf, während Kilians ganzer Körper bebte vor Lachen.

„Tut mir leid, ich habe nur befolgt, was du gesagt hast. Und? Welche Erkenntnis hast du da drin nun gewonnen?"

Knut dachte nach.

„Also ich bin mir ziemlich sicher, dass unser Mörder ein Mann gewesen sein muss. Schmitz war ein recht kräftiger Mann. Selbst, wenn man bedenkt, dass er betrunken und voller Medikamente war. Ich glaube nicht, dass eine Frau die Tür hätte zuhalten können. Und damit scheiden die Sutter, seine Frau und all die anderen weiblichen Verdächtigen aus. Und jetzt denken wir doch mal nach, wer von den Männern übrigbleibt."

Er verschränkte die Arme vor seiner nackten Brust und sah Kilian fragend an. Der fing an aufzuzählen.

„Also, da wäre der Ehemann von unserer hübschen Bedienung. Wobei der ja eigentlich ein hieb- und stichfestes Alibi hat. Dann noch Roberto Sutter und der schwule Freund von Susanne Schmitz. Wobei der Ehemann für mich weiterhin das stärkste Motiv hat."

Von den Ermittlungen, die Häberle und Lechner gegen Roberto Sutter geführt hatten wussten sie ja bisher nichts. Knut hakte ein.

„Und nicht zu vergessen unser Freund Olaf. Der, der abends noch mit uns schwimmen war. Aber was hätte der denn für ein Motiv?" Sie grübelten beide.

„Die kannten sich doch offensichtlich vorher schon. Vielleicht hat Dirk Olaf die Freundschaft gekündigt und der wurde daraufhin so wütend, dass er ihm die Lichter ausgeknipst hat."

Knut legte den Kopf schief. „Na dann pass mal gut auf, dass du MIR nicht die Freundschaft kündigst."

Er feixte. Dann meinte er achselzuckend: „Hilft alles nix. Wir kommen hier zu keinem Ergebnis und müssen das wohl oder übel den Freiburgern überlassen. Schade eigentlich, das wäre jetzt so ein Fall ganz nach meinem Geschmack gewesen."

Kilian hieb ihm kameradschaftlich auf die Schulter.

„Jetzt sag bloß, du hast Gefallen an Mordermittlungen gefunden. „Und Leichen pflasterten seinen Weg" oder wie? Dann komm doch zu uns nach Flensburg, da passiert mit Sicherheit mehr als auf eurer kleinen Insel." Knut funkelte ihn an.

„Für kein Geld der Welt würde ich woanders hinwollen, dass hier ist gerade eine ganz große Ausnahme. Und das mache ich auch nur Anita zuliebe."

Kilian nickte zustimmend.

„Ich habe das Gefühl, das mit euch beiden läuft ganz gut in den letzten Tagen, kann das sein? Also ich habe euch da auch schon ganz anders erlebt."

Knut ließ seinen Blick fast ein wenig verlegen über den gefliesten Boden schweifen. Kilian hatte ja recht. Man bekam bei Anita und ihm schnell den Eindruck, dass sie besser die Finger voneinander lassen würden. Entweder keiften sie sich gegenseitig an oder er selbst zog sich zurück und ließ manchmal Tage lang nichts von sich hören. In diesen letzten vier Tagen hatte er allerdings so einige Seiten an Anita kennengelernt, die ihm zugegebenermaßen richtig gut gefielen. Sie war witzig, sehr entspannt, konnte sich für so viel Neues begeistern und hatte sehr viel bessere Laune als sonst. Insgeheim musste er ja auch zugeben, dass er vielleicht manchmal ein wenig selbst daran schuld war, wie sich Anita ihm gegenüber verhielt. Er würde noch einmal in aller Ruhe darüber nachdenken müssen.

„Komm, lass uns zurück zu unseren Frauen gehen. Das sieht bestimmt albern aus, wenn zwei halbnackte Männer hier vor der Sauna stehen und tiefgründige Gespräche führen."

Sie gingen zurück zu ihren Freundinnen. Anita hatte sich inzwischen neben Ulrike auf die Liege gelegt und beide unterhielten sich angeregt.

„Also wirklich, ich hatte schon lange nicht mehr so eine schöne Zeit. Wir sollten vielleicht in Erwägung ziehen, einmal im Jahr zusammen Urlaub zu machen."

Ulrike hatte die Arme hinter dem Kopf verschränkt und strahlte Kilian entgegen. Anita pflichtete ihr sofort bei.

„Das ist eine ganz fantastische Idee. Wobei ich ja dafür bin, dass wir uns beim nächsten Mal eine abgelegene Hütte irgendwo auf einem Berg mieten. Da ist die Gefahr von potenziellen Mordopfern hoffentlich erheblich geringer."

Sie verzog gespielt angewidert das Gesicht. Die anderen lachten. Knut setzte sich neben sie und legte ihr eine Hand aufs Knie. „Was hecken denn die Damen nun schon wieder aus? Denkt dran, wir fahren morgen wieder nach Hause, allzu viel Zeit für irgendwelche Ausflüge haben wir nicht mehr."

Anita zwinkerte ihm schelmisch zu.

„Wir planen ja auch nichts mehr für heute oder morgen, sondern für unseren nächsten gemeinsamen Urlaub. Ulrike und ich haben nämlich gerade beschlossen, mindestens einmal im Jahr alle zusammen in Urlaub zu fahren. Na, wie klingt das für euch?"

Knut und Kilian sahen sich erstaunt an. Das ihre Frauen sich mittlerweile so gut verstanden war für beide eine unglaubliche Erleichterung. Kilian war sofort begeistert.

„Au ja, das machen wir. Das ist eine wirklich großartige Idee."

Er küsste Ulrike, die liebevoll die Arme um seinen Hals legte. Knut streichelte weiterhin Anitas Bein.

„Also ich wäre jetzt dafür, dass wir uns abduschen gehen und uns so ungefähr in einer Stunde in der Hotelbar treffen, einverstanden?"

Kilian und Ulrike nickten zustimmend. Zurück in ihrem Zimmer begann Anita, sich den nassen Badeanzug auszuziehen und wollte gerade ins Bad, als Knut sie von hinten umfasste.

„Weißt du eigentlich, dass du mich gerade zu einem sehr glücklichen Mann machst? Dieses Gefühl hatte ich schon lange nicht mehr."

Sie drehte sich um und Knut sah, dass sie feuchte Augen hatte.

„Ist das dein Ernst, du alter Sturkopf? Knut Hansen, der einsame Wolf und knurrige Bulle zeigt auf einmal Gefühl?"

Sie lachte leise und rieb ihren nackten Körper an seinem. Knut atmete hörbar ein. Dann brummte er: „Naja, offensichtlich tut er das. Wir sollten jetzt gemeinsam unter die Dusche gehen, dann könnte ich dir zeigen, was ich gerade noch so an Gefühlen für dich hätte."

Anita blinzelte mit den Augen. „Uhhh, na dann folgen Sie mir mal unauffällig, Herr Kommissar."

Eine Stunde später saßen sie mit Kilian und Ulrike in der Hotelbar, jeder einen „Föhrer Manhattan" vor sich und ließen die letzten vier Tage noch einmal Revue passieren. Die Stimmung war gelöst und fröhlich. Da klingelte Knuts Handy. Einigermaßen verwirrt starrte er auf die ihm fremde Nummer auf dem Display. Wer wollte denn zu dieser relativ späten Stunde noch etwas von ihm? Immerhin war es inzwischen schon nach halb elf.

„Hansen, wer stört?" knurrte er in den Hörer.

Am anderen Ende der Leitung war eine Frau, die im ersten Moment ein wenig erschrocken klang.

„Oh Gott, störe ich Sie gerade? Das war natürlich überhaupt nicht meine Absicht, bitte entschuldigen Sie."

Knut überlegte. Er kannte diese Stimme, konnte sie aber gerade nicht zuordnen.

„Wer spricht denn da?"

Die Frau am anderen Ende der Leitung lachte.

„Ach herrje, jetzt habe ich mich vor lauter Schreck vergessen, zu melden. Hier ist Adelheid Ansbacher, ich grüße Sie."

Knut war zunächst völlig verdattert.

„Frau Ansbacher, na das ist ja eine Überraschung. Mit Ihnen hätte ich um diese Uhrzeit ja am allerwenigsten gerechnet. Was kann ich für Sie tun?"

Kilian, der ihm gegenübersaß, sah ihn fragend an. Anita und Ulrike waren in ein Gespräch vertieft und hatten noch nicht mitbekommen, dass Knut telefonierte. Frau Ansbacher lachte wieder.

„Ach wissen Sie, eine meiner Enkel bezeichnet meine nächtlichen Tätigkeiten frecherweise immer als senile Bettflucht. Ich bin eine wahre Nachteule und werde erst gegen neun Uhr abends so richtig munter. Bis ich ins Bett gehe ist es oft schon zwei oder drei Uhr morgens. Genaugenommen hatte ich sogar überhaupt nicht damit gerechnet, dass Sie noch ans Telefon gehen. Aber mir ist noch etwas eingefallen zu unserem Gespräch gestern im Gasthof „Jägerhaus", erinnern Sie sich?"

Knut musste kurz nachdenken. Dann fiel ihm ein, dass er sich ja mit den alten Damen so gut unterhalten und ihnen von Föhr erzählt hatte. Aber auf was wollte sie denn jetzt gerade hinaus?

„Frau Ansbacher, helfen Sie mir mal auf die Sprünge bitte. Worüber haben wir nochmal geredet?"

Adelheid machte eine kurze Pause, dann antwortete sie: „Na, über den schwarzen Stift, nach dem Sie mich gefragt hatten."

Knut richtete sich auf. Er hatte das Gefühl, dass das hier gerade interessant werden könnte.

„Ach so, natürlich. Ist Ihnen dazu noch etwas eingefallen?"

Wieder machte Adelheid Ansbacher eine kurze Pause, so als müsse sie erst Luft holen.

„Also, ich habe immer einige Stifte bei mir, dass ist so eine Art Marotte von mir. Ich gestalte in meiner knapp bemessenen Rentner-Freizeit Glückwunschkarten, das macht mir Spaß und sie kommen in meinem Freundeskreis richtig gut an. In meiner Stifte-Sammlung befindet sich unter anderem auch ein schwarzer Edding. Als ich gerade eben mal wieder ein bisschen was basteln wollte ist mir ihre Frage wieder eingefallen. Und dass tatsächlich an dem einen Abend etwas eher Seltsames passiert ist."

Sie wartete kurz ab, ob Knut vielleicht etwas sagen wollte. Der saß allerding kerzengerade auf der Kante der Couch und war so angespannt, dass es mittlerweile auch den anderen auffiel. Er legte den Finger an die Lippen und hätte Adelheid am liebsten zum schnelleren Reden angetrieben. Aber er wollte nicht unhöflich sein und die alte Dame sollte sich nun gut konzentrieren können. Endlich sprach sie weiter.

„Mein Neffe hat gegen halb eins bei mir geklopft und mich gefragt, ob ich ihm einen Edding leihen könnte. Er würde ihn mir morgen wiedergeben. Olaf weiß, dass ich um die Uhrzeit meistens noch nicht schlafe, da wir hin und wieder nachts schon telefoniert haben. Er hat mir den Edding dann auch tatsächlich morgens beim Frühstück neben den Teller gelegt."

Knut war derweil aufgestanden und hatte Kilian per Fingerzeig gebeten, ihm nach draußen zu folgen. Anita warf er einen entschuldigenden Blick und einen angedeuteten Kuss zu. Dann lief er hinaus ins Foyer, Kilian dicht auf seinen Fersen.

„Ich hoffe, ich konnte Ihnen damit irgendwie weiterhelfen?"

Knut ballte die Hand zur Faust und blitzte Kilian mit den Augen an.

„Frau Ansbacher, damit haben Sie mir unfassbar geholfen. Ich danke Ihnen vielmals. Machen Sie sich noch einen schönen Abend und schlafen Sie später gut. Ach, bevor ich es vergesse: hätten Sie vielleicht noch die Adresse ihres Neffen für mich?"

Adelheid Ansbacher sagte sie ihm, dann verabschiedete sie sich und legte auf. Knut drehte sich zu Kilian um und sah ihn triumphierend an.

„Das glaubst du jetzt nicht. Wenn meine Vermutung stimmt, wäre das gerade der absolute Hammer. Und WIR haben somit die einmalige Chance, den Mörder tatsächlich noch VOR den Freiburgern zu schnappen."

Kilian runzelte die Stirn.

„Würdest du mir bitte mal ein bisschen ausführlicher erklären, um was es gerade eigentlich geht? Wer war das am Telefon und warum hyperventilierst du hier gleich, um Gottes Willen?"

Knut grinste breit. Er zog Kilian nach draußen und sah sich kurz um. Dann klatschte er in die Hände.

„Wir haben unseren Stiftbenutzer und somit wahrscheinlich auch den Mörder von Schmitz."

Kilian sah ihn ungläubig an.

„Knut bitte, jetzt mal der Reihe nach. Ich komm sonst überhaupt nicht mit."

Knut war noch völlig aus dem Häuschen.

„Das gerade am Telefon war Adelheid Ansbacher, du erinnerst dich an sie? Wir haben sie gestern in St. Peter beim Essen getroffen und ich hatte sie nach dem schwarzen Stift gefragt. Wir sind dann aber von der Frage abgekommen, weil ihre Freundinnen mich so in Beschlag genommen hatten."

Kilian lachte kurz auf. Dann deutete er mit der Hand an, dass Knut weitererzählen und zum Punkt kommen solle.

„Also, Olaf Kuhn war in der Tatnacht bei seiner Tante und hat diese nach einem Edding gefragt, von dem er weiß, dass sie ihn eigentlich immer dabeihat. Und er hat ihn ihr erst am nächsten Morgen wieder zurückgegeben. Also, was schlussfolgern wir nun daraus?"

Kilian hatte beim Zuhören die Augen immer weiter aufgerissen.

„Das wäre ja jetzt ein grandioser Zufall. Aber warum sollte Olaf seinen alten Kumpel umbringen? Und wie finden wir jetzt die dazugehörigen Einzelheiten heraus? Wir dürfen hier nicht ermitteln und schon gar keine Verhöre führen, schon vergessen? Eigentlich müssten wir das jetzt sogar umgehend Freiburg melden."

Knut verzog ein wenig die Lippen.

„Ich weiß, dass uns hier im Normalfall sämtliche Hände gebunden sind. Aber ich würde jetzt doch zu gerne wissen, ob unsere Vermutung stimmt. Wenn du das jetzt nach Freiburg weitergibst und wir morgen nach Hause fahren erfahren wir nie, wer der Mörder war und ob wir Recht hatten."

Er hieb mit der rechten Faust in seine linke Hand. Kilian dachte nach. Natürlich hatte Knut recht. Und jetzt, wo sie Informationen besaßen, die sonst noch keiner hatte, könnten sie ja auch theoretisch etwas damit anfangen. Er biss sich auf die Lippen, dann kramte er sein Handy hervor. Er tippte darauf herum und hielt es dann Knut unter die Nase. Der wusste sofort, auf was sein Freund und Kollege hinauswollte.

„Dann los, lass uns mal an der Rezeption fragen, ob die uns noch eine Nacht länger hierbehalten könnten. Unsere Frauen würden sich wahrscheinlich sogar freuen.

Zufrieden strahlend kehrten sie beide eine Viertelstunde später zu der kleinen Sitzgruppe zurück, in der Anita und Ulrike schon auf sie gewartet hatten. Ulrike gähnte.

„Wo wart ihr denn auf einmal? Wir haben gar nicht richtig mitbekommen, dass ihr beide weg seid. Gehen Männer jetzt auch schon zusammen aufs Klo?" Sie lachte.

Knut ließ sich neben Anita auf die Couch fallen. Die fuhr ihm mit der Hand über die Wange.

„Ich glaube, wir sollten so langsam Schluss machen für heute. Wir beide müssen noch packen."

Ulrike nickte zustimmend. „Ja, wir auch. Morgen um 11.28 Uhr geht unser Zug."

Kilian drückte sie an sich.

„Mäuschen, Knut und ich haben uns da was überlegt. Aber nur, wenn ihr beide, also Anita und du damit einverstanden wärt."

Er schilderte seinen und Knuts Plan. Anita und Ulrike sahen sich an. Ulrike verstand sofort, worum es den beiden ging. Sie lächelte verständnisvoll.

„Also meinen Segen habt ihr. Und wie sieht es bei dir aus?"

Sie sah Anita fragend an. Knut hatte ein wenig Angst vor deren Antwort. Er wusste, dass er hier mal wieder sehr egoistisch handelte und wäre nicht verwundert gewesen, wenn Anita nun deswegen auch vollkommen dagegen sein würde. Er hätte es sogar ein klein wenig verstanden. Anita nahm noch einen Schluck Manhattan und lehnte sich dann zurück.

„Das heißt also, Ulrike und ich hätten morgen noch einmal den Tag für uns?"

Knut sah ein wenig hilfesuchend zu Kilian. Er war sich nicht sicher, was er darauf antworten sollte. Kilian zeigte seine Handflächen.

„Ihr habt sozusagen den morgigen Tag völlig zu Eurer freien Verfügung."

Anita grinste Ulrike an. „Ich hätte da schon eine Idee..."

Knut atmete erleichtert auf. Dann stießen sie zusammen an.

„Auf einen erfolgreichen morgigen Tag."

Kapitel 9 - Knut, Kilian und die Wahrheit

Anita und Ulrike ließen sich noch zwei Gläser Sekt bringen und genossen den Blick von der Terrasse auf den glitzernden See. Sie hatten für halb eins heute Mittag einen Termin beim Friseur und wollten sich danach im Spa noch eine Gesichtsbehandlung gönnen.

„Was meinst du, bis wann unsere Männer wieder zurück sind?"

Anita sah auf die Uhr. Ulrike überlegte.

„Mit dem Zug brauchen sie eineinhalb Stunden von hier bis Breisach, also sind sie schon mal alleine drei Stunden für die Fahrt unterwegs. Dann noch das Gespräch... also ich schätze mal, da wird es mindestens mal sechs oder sieben, bis die wieder da sind."

Sie prostete Anita zu.

„Also genug Zeit, die wir mit unserer Schönheit verplempern können." Sie lachte. Anita fuhr sich durch die Haare.

„Ich freu mich drauf, ich glaube, es wird mal Zeit für eine Veränderung."

Währenddessen saßen Knut und Kilian nebeneinander im Zug und überlegten gemeinsam, wie sie das Gespräch nachher am besten beginnen konnten.

„Ich denke, wir sollten ihn klar und deutlich auf unseren Verdacht ansprechen."

Kilian wirkte fest entschlossen. Knut hieb ihn in die Seite.

„Genau, so wie damals bei Sarah Holstein, richtig? Die hast du ja auch so dermaßen mit deinen Fragen überfallen, dass ich dir am liebsten den bayrischen Hals umgedreht hätte."

Kilian schmunzelte.

„Stimmt, daran kann ich mich noch erinnern. Die fandest du richtig gut, wenn es nach dir gegangen wäre hätte ich sie allerhöchstens mit Samthandschuhen anfassen dürfen. Ich hoffe, Olaf weckt nicht die gleichen Beschützerinstinkte in dir."

Knut funkelte ihn an.

„Denk dran was passieren kann, wenn man so frech zu seinem Freund ist. Dann geht's dir nämlich ruckzuck wie dem Schmitz."

Um zehn Uhr stiegen sie am Bahnhof in Breisach aus. Knut holte einen kleinen Zettel aus der Hosentasche. Dann winkte er ein Taxi herbei.

„Fahren Sie uns bitte zu dieser Adresse." Beide saßen im Fond des Taxis und schwiegen. Sie hatten noch keine wirkliche Strategie erarbeitet, mit der sie Olaf Kuhn nun zum Reden bringen wollten. Der Taxifahrer hielt vor einem mehrstöckigen Gebäude, das von außen keinen wirklich guten Eindruck machte. Es wirkte kahl und fast schon ein wenig heruntergekommen. Lediglich ein einziger der sechs Balkone, die zur Straßenseite hinzeigten, war blumengeschmückt. Der Rest wirkte trostlos und wenig einladend. An einem der Balkone winkte müde eine Deutschlandflagge. Knut sah Kilian wortlos an, dann studierten sie gemeinsam die Klingelschilder. Knut deutete auf den Namen „Kuhn".

„Da. Und jetzt?"

Kilian rieb sich kurz den Nacken.

„Wir klingeln jetzt und dann fragen wir ihn ganz harmlos, was er denn mit dem Stift vorhatte, den er sich von seiner Tante geliehen hat. Soweit ich weiß, weiß der doch gar nicht, dass wir auch bei der Polizei sind, oder?"

Knut schüttelte den Kopf.

„Das dürfte er eigentlich nicht wissen, stimmt schon. Aber ich befürchte, dass der uns nicht glauben wird, dass wir extra aus unserem Urlaubsort zu ihm nach Breisach kommen, um mit ihm Kaffee zu trinken und ihn nach einem bescheuerten Edding zu fragen. Womöglich, weil wir ihn an dem Abend an der Bar und im Schwimmbad so nett fanden. Und wenn der Dreck am Stecken hat und merkt, dass wir auch noch seltsame Fragen stellen ist es womöglich ganz vorbei."

Knut verdrehte die Augen.

„Also hast du vielleicht doch recht und wir fallen ganz einfach mit der Tür ins Haus."

Er drückte auf den Klingelknopf, noch ehe Kilian irgendetwas darauf hätte erwidern können. Der Türsummer ertönte und sie traten ins Treppenhaus. Knut verzog das

Gesicht. Hier roch es extrem nach nassem Hund, beinahe hätte er gewürgt. Weiter oben ertönte ein müdes „vierter Stock, Fahrstuhl ist aber kaputt." Kilian stöhnte und flüsterte in Knuts Richtung:

„Auch das noch, auf was haben wir uns da schon wieder eingelassen?"

Knut stapfte unbeirrt die Treppenstufen nach oben, Kilian keuchte hinterher. Im vierten Stock angelangt wurden sie von einem überraschten, aber auch sehr angespannt wirkenden Olaf empfangen.

„Was macht ihr denn hier? Und wer hat euch verraten, wo ich wohne?"

Knut hielt sich am Türrahmen fest und blies hörbar die Luft aus, während Kilian sich hinter ihm anhörte, als könne er ein Sauerstoffzelt gebrauchen.

„Hallo Olaf. Jetzt staunst du, nicht wahr? Ich hatte auf einem Ausflug ganz zufällig ein sehr nettes Gespräch mit deiner Tante und weil wir uns nur so kurz kennenlernen konnten dachten wir, wir kommen einfach mal bei dir vorbei, wenn wir auf der Heimreise sind. Wir hatten ja an dem Abend an der Bar und im Schwimmbad gar keine richtige Gelegenheit zum Plaudern. Dabei scheinst du doch so ein netter Kerl zu sein. Dürfen wir vielleicht kurz reinkommen?"

Knut merkte selbst, dass er gerade unglaublich viel Blödsinn faselte. Kilian hatte es inzwischen auch an die Tür geschafft und nickte Olaf freundlich lächelnd zu. Reden konnte er nicht, dafür fehlte es ihm noch an der nötigen Luft. Olaf schaute beide ziemlich misstrauisch an, sagte aber nichts. Dann trat er ein wenig zur Seite und ließ sie in seine Wohnung eintreten. Drinnen war es halbdunkel, es roch muffig nach ungewaschener Wäsche und altem Fett. Der Boden klebte und die Fenster waren voller Schlieren und Mücken. Knut sah sich um. Hier wohnte definitiv niemand, der Wert auf eine gemütliche und hochwertige Einrichtung legte. Er konnte einen Blick in die Küche werfen. Neben der Spüle stapelte sich das schmutzige Geschirr und auf dem Fensterbrett quoll ein Aschenbecher über. Olaf führte sie in das kleine, sehr karg eingerichtete Wohnzimmer und bot ihnen einen Platz auf dem Sofa an. Dieses wirkte fleckig und durchgesessen und Knut wäre am liebsten stehengeblieben. Aber da er zunächst eher harmlos und in Plauderlaune wirken wollte nahm er vorsichtig Platz und dirigierte Kilian mit den Augen neben sich.

„Kann ich euch irgendetwas anbieten? Einen Kaffee oder so?"

Kilian wäre beinahe ein „Bloß nicht!" herausgerutscht. Knut kam ihm zuvor.

„Danke, aber wir kommen gerade vom Frühstück, also ich möchte nichts. Du vielleicht?"

Er sah Kilian provokativ an, der ihm einen finsteren Blick zuwarf und nur mit dem Kopf schüttelte. Olaf setzte sich ihnen gegenüber auf einen Plastikstuhl.

„Und? Habt ihr euren Urlaub hier im Schwarzwald genossen?"

Knut lehnte sich zurück, auch wenn er wusste, dass das ein Fehler sein würde.

„Ja, unbedingt. Der Titisee ist echt wunderschön und das Hotel ist wirklich prima."

Er sah sich erneut um. „Schön hast du`s hier."

Olaf verzog das Gesicht.

„Dann musst du blind sein. Schön war es hier noch nie. Da, wo ich vorher gewohnt habe, DA war es schön. Aber das war in einem anderen Leben."

Ein wenig wehmütig sah er zum Fenster hinaus. Kilian fragte vorsichtig, wenn auch sehr direkt:

„Was ist denn in deinem Leben passiert, dass du hier gelandet bist?"

Olaf drehte sich wieder zu ihnen um. Er schien lange nachzudenken.

„Ach was soll`s, warum soll ich es euch nicht einfach erzählen? Es interessiert sich ja sonst keiner für mich."

Das klang so resigniert, dass er Knut und Kilian fast schon leidtat. Dann begann er, zu erzählen.

„Wisst ihr, ich war vor zwölf Jahren ein erfolgreicher Geschäftsmann und hatte mit meinem Partner zusammen eine gutgehende Firma für Partyartikel. Wir hatten fünf Angestellte und lebten ein Leben in Saus und Braus. Partys, Weiber, viel Alkohol und jede Menge Spass. Ich hatte das Geld meistens bündelweise in den Taschen, und das verführte natürlich auch zum Ausgeben. Und ich hatte eine richtig heiße Braut als Freundin. Die hat sich dann allerdings nach ein paar Monaten mehr für meinen Partner als für mich interessiert. Am Anfang fand ich das ziemlich scheiße, dann wurde es mir egal. Ich wusste ja, dass er die Frauen nur ausnutzte, mit ihnen spielte und sie dann wieder wegwarf wie einen alten, benutzten Lappen.

Einige Zeit später habe ich dann das Pokerspielen für mich entdeckt. Ich spielte leidenschaftlich gerne und viel, aber leider nie gut genug. Im Gegenteil. Irgendwann war mein Erspartes weg, mein Konto heillos überzogen und ich hatte Spielschulden bei ziemlich unangenehmen Leuten. Also beschloss ich eines Tages auf die gemeinsamen Geschäftskonten zuzugreifen. Monat für Monat habe ich unsere Firma um mehrere Zehntausende Euro sozusagen erleichtert. Bis mein Geschäftspartner dahinter kam. Da betrug die Gesamtsumme meiner veruntreuten Gelder schon mehr als 500.000 Euro. Er drohte mir damit, mich anzuzeigen und mich damit für Jahre hinter Gitter zu bringen. Davor hatte ich natürlich wahnsinnige Panik, denn damit wäre mein bisheriges Leben und meine Zukunft vollkommen ruiniert gewesen. Ich flehte ihn an, das nicht zu tun, ich würde machen, was immer er von mir verlangte. Er bot mir an, Stillschweigen zu bewahren, wenn ich ihm die gesamten Geschäftsanteile überschreiben und mich gänzlich aus dem Geschäft zurückziehen würde. Eventuell würde er mich weiterhin als Angestellten beschäftigen, das würde er sich noch überlegen.

Ich war ihm regelrecht dankbar für diese Chance, immerhin wusste ich, dass ich ziemlichen Bockmist gebaut hatte. Ich unterschrieb alle Papiere, die er mir über seinen Anwalt vorlegen ließ, ohne sie richtig durchzulesen. Ich war so froh, dass mein Geschäftspartner meinen Betrug offenbar relativ locker nahm und mir noch eine Chance geben wollte. Eine Woche später stand dann aber die Polizei vor meiner Tür und verhaftete mich wegen Veruntreuung von Geschäftsgeldern. Mein Geschäftspartner hatte mich, nachdem die Papiere notariell beglaubigt waren und er somit alleiniger Geschäftsinhaber war, bei der Polizei angezeigt und mich damit für fünf Jahre in den Knast gebracht. Nachdem ich wieder draußen war hatte ich nichts mehr. Keine Wohnung, keine Freunde, keine Arbeit. Niemand beschäftigt hier gerne einen Ex-Knacki. Schon gar nicht, wenn er wegen Veruntreuung von Firmengeldern im Gefängnis saß. Und somit war mein ganzes schillerndes Leben wie eine Seifenblase geplatzt. Zum einen, durch meine eigene Dummheit und zum anderen wegen der Verlogenheit und des Verrats meines ehemaligen Partners und Freundes."

Er holte tief Luft und sah wieder zum Fenster hinaus.

„Die Firma war zwei Jahre später insolvent, das habe ich dann im Nachhinein irgendwann erfahren. Offenbar traten Liefer- und Zahlungsschwierigkeiten auf, keine Ahnung. Ist mir aber auch egal. Ich sitze seitdem hier in diesem Loch, beziehe Hartz 4 und warte darauf, dass der Tag irgendwie vorbei geht."

Er sah jetzt müde und grau aus im Gesicht. So, als hätten sich die gesamten letzten Jahre in den vergangenen Minuten tief in sein Gesicht gemeißelt. Knut und Kilian sahen sich aus den Augenwinkeln heraus an. Sie wussten, dass sie beide das Gleiche dachten, und dass es jetzt nur einer von ihnen aussprechen musste.

„Dieser Geschäftspartner... das war aber nicht zufällig Dirk Schmitz, oder?"

Es war Kilian, der diesen bedeutungsvollen Satz in den Raum warf. Knut hielt gespannt den Atem an. Olaf hatte den Kopf gesenkt und die Hände zwischen die Knie geklemmt. Sekundenlang war es totenstill in dem kleinen stickigen Raum.

„Doch, genau das war er. Der große Dirk Schmitz, der mich um meine Existenz und um mein Leben gebracht hat."

Knut atmete tief ein und ebenso tief wieder aus.

„Und deshalb hast du ihn um SEIN Leben gebracht, richtig? Das war die Rache für all das, was er dir angetan hat."

Olaf hob den Kopf, in seinen Augen spiegelten sich Verzweiflung und Angst. Dann begann er zu weinen, wie ein kleines Kind.

„Dirk war der schlimmste Mensch, den man sich vorstellen konnte. Als ich ihn an dem Tag an der Rezeption nach so vielen Jahren wiedersah da wusste ich, dass dieser Abend meine letzte Chance sein würde. Ich beobachtete ihn beim Essen, sah wie er einen Wein nach dem anderen kippte, wie er im Restaurant herumpöpelte und seine bildhübsche Begleitung behandelte. Ich hatte noch keinen blassen Schimmer, wusste aber, dass er diesen Abend nicht überleben durfte.

Als er mit uns allen ins Schwimmbad wollte und danach noch in die Sauna sah ich darin meine Chance. Ich fuhr mit euch nach oben und wartete ein wenig in meinem Zimmer. Dann bin ich in den Hauswirtschaftsraum, habe mir ein paar gelbe Putzhandschuhe genommen und bin dann wieder über die Treppen runter ins Schwimmbad. Er war noch in der Sauna, das Licht brannte. Ich hatte mir eigentlich überlegt, ihm eins mit dem Aufguss-Eimer überzubraten. Ich zog die Handschuhe an und riss die Tür auf, weil ich ihn eigentlich überrumpeln wollte. Er saß auf einer der Bänke und schlief. Für den Bruchteil einer Sekunde habe ich überlegt. Dann bin ich wieder raus und habe gewartet. Ich wusste ja, dass er früher oder später wach werden würde und dann bestimmt schleunigst dort rauswollte. Also brauchte ich nur abzuwarten. Ich stand da bestimmt eine Viertelstunde. Auf einmal rumpelte es von innen. Ich hielt sofort mit aller Gewalt die Tür zu. Dann spürte ich, wie er von innen dagegen drückte und hörte ihn schreien. Ich drückte so lange dagegen bis ich merkte, dass er offenbar losgelassen hatte. Ich habe die Tür vorsichtig geöffnet und sofort gesehen, dass er tot ist. Also habe ich ihn auf die Bank gesetzt. Ich dachte, wenn er auf dem Boden genau vor der Tür liegt sieht man ihn eher. Und ich wollte ja so viel Zeit wie möglich gewinnen.

Danach kam mir die Idee mit dem Zettel. Ich bin hoch zur Rezeption. Da war gerade niemand, also habe ich mir einen Zettel aus dem Drucker genommen, mir ein kleines Stück Tesa von dem Abroller, der da stand abgemacht und habe in einer der Schubladen nach einem schwarzen Edding gesucht. Da war nur leider keiner. Also bin ich hoch zu meiner Tante. Die schläft nachts meistens nicht, das wusste ich. Und sie bastelt immer irgendwelche Karten, von daher weiß ich, dass sie meistens ein paar Stifte dabei hat. Ich bin wieder runter, habe „Außer Betrieb" auf den Zettel geschrieben, den dann an die Tür geklebt und kurze Zeit später war ich wieder auf meinem Zimmer und im Bett. Die gelben Putzhandschuhe habe ich natürlich vorher wieder zurückgebracht. Und als ich so im Bett lag verspürte ich zum ersten Mal in meinem Leben so eine Art wohltuende Genugtuung. Ich war mir sicher, dass ich in diesem Moment so einigen Menschen einen Gefallen getan hatte."

Knut und Kilian sahen sich an. Offenbar hatte Olaf nur darauf gewartet, jemandem endlich einmal all das erzählen zu können, was ihn jahrelang belastet und innerlich zerstört hatte. Sie beide waren sich darüber im Klaren, wie es jetzt weitergehen musste.

„Olaf, du wirst hoffentlich verstehen, dass wir mit dem, was du uns gerade erzählt hast zur Polizei müssen, oder?"

Olaf sah nun unglaublich hilflos und müde aus.

„Natürlich weiß ich das. Mir ist bewusst, dass ich ein Menschenleben auf dem Gewissen habe. Aber ich bereue nichts! Und deshalb weiß ich auch, dass ich die Konsequenzen dafür tragen muss."

Er atmete tief ein und seufzend wieder aus. Knut war aufgestanden.

„Ich muss zugeben, ich fühle mich gerade ein wenig schlecht."

Olaf sah ihn völlig erstaunt an. „Warum fühlst DU dich denn jetzt schlecht? Kapier ich nicht."

Kilian erhob sich nun ebenfalls von der Couch und klopfte sich unauffällig die Hose ab. Als er merkte, dass Knut nicht so ganz mit der Sprache herausrücken wollte sagte er kurz und knapp:

„Weil wir dir nicht alles über uns erzählt haben. Wir sind zwar tatsächlich am Titisee auf Urlaub, aber im wahren Leben sind wir beide Polizisten. Und wurden von den zwei Kommissaren, die die Ermittlungen leiten gewissermaßen in den Fall involviert. Wir dürfen natürlich weder auf eigene Faust ermitteln, noch hätten wir dich offiziell verhören dürfen. Aber wenn man es mal ganz genau nimmt, hast du uns das alles mehr oder weniger freiwillig erzählt, richtig? Nichtsdestotrotz werden wir jetzt unsere beiden Freiburger Kollegen informieren müssen. Und die werden dann alles Weitere in die Wege leiten. Du wirst dort all das, was du uns gerade erzählt hast nochmal zu Protokoll geben müssen. Es tut mir leid, dass wir dir nicht von Anfang an die ganze Wahrheit über unseren Besuch gesagt haben. Aber wir haben beide befürchtet, dass du uns nichts erzählen wirst, wenn du weißt, dass wir von der Polizei sind."

Olaf war auf dem Plastikstuhl zusammengesackt und hatte den Kopf tief in seine Hände vergraben. Knut deutete mit dem Kopf Richtung Tür und machte mit der Hand ein Zeichen, dass er nun telefonieren gehen würde. Kilian nickte. Er würde bei Olaf bleiben, auch wenn er gerade keine Gefahr sah, dass dieser fliehen würde. Knut lief ein Stockwerk nach unten und setzte sich dort auf die oberste Treppenstufe. Dann wählte er die Nummer von Stefan Häberle.

„Griassgott und Guten Moin Fischkopf, was verschafft mir die Ehre?"

Knut schüttelte sich. Das völlig bekloppte „Fischkopf", aber noch mehr der klägliche

Versuch eines Ur-Schwaben, auch nur ansatzweise norddeutsch klingen zu wollen jagten ihm einen kalten Schauer über den Rücken. Er wollte jegliche Art von Smalltalk vermeiden und beschränkte sich auf das Wesentliche.

„Wir haben euren Sauna-Mörder inklusive Geständnis. Also tut uns den Gefallen, und holt ihn so schnell wie möglich ab, wir wollen nämlich wieder zurück zu unseren Frauen."

Am anderen Ende der Leitung war es totenstill. Knut dachte schon, Häberle hätte aufgelegt.

„Ey, bist du noch dran? Würdest du uns bitte eine Einheit schicken? Wir haben ja schließlich nicht ewig Zeit!"

Stefan Häberle räusperte sich erst, dann musste er husten. Als er sich wieder beruhigt hatte fragte er ungläubig:

„Ihr habt WAS??"

Knut schilderte ihm die Situation und erzählte ihm von dem Gespräch zwischen ihm, Kilian und Olaf. Er bemerkte, wie es auf der anderen Seite des Hörers hektisch wurde.

„Bleibt wo ihr seid, wir sind auf dem Weg zu euch. So in einer halben Stunde müssten wir das sein. Und haltet mir den Kuhn fest. Nicht, dass der mir vor seiner Verhaftung noch flitzen geht."

Er legte auf. Knut brummelte vor sich hin.

„Als wenn wir FischKÖPFE bescheuert wären, echt jetzt. Schwabenheini, dösbaddeliger."

Er ging zurück in Olafs Wohnung und nickte Kilian zu. „Halbe Stunde circa." Die drei saßen schweigend beieinander, es war ja schließlich alles gesagt. 30 Minuten später hörte man Polizeisirenen und Knut verdrehte kopfschüttelnd die Augen.

„Meine Herren, geht's vielleicht noch ein wenig auffälliger? Fehlt nicht viel und das SEK zertrümmert dir hier gleich noch die Tür und Scharfschützen postieren sich auf dem Dach gegenüber. Hoffentlich werfen sie vorher nicht noch eine Rauchbombe hier rein."

Er war völlig entrüstet, Olaf lächelte schwach. Kilian schob die Gardine ein wenig zur Seite und linste hinunter auf die Straße. Dort sprang Stefan Häberle gerade aus einem der beiden Polizeiautos wie Derrick in seinen besten Zeiten, gefolgt von vier Polizeibeamten. Kilian ging vor zur Haustür, drückte den Türöffner und rief „der Fahrstuhl ist kaputt, ihr müsst in den vierten Stock" durchs Treppenhaus nach unten. Dann wartete er, bis die Kollegen aus Freiburg die vier Stockwerke überwunden hatten. Einer nach dem anderen kam die Treppen heraufgekeucht, bis auf einen.

„Wo habt ihr denn jetzt euren Chef gelassen?"

Kilian spähte übers Treppengeländer nach unten. Eine der Beamten war schon auf dem Weg in die Wohnung. Er drehte sich um und grinste.

„Der tut sich ein wenig schwer mit körperlicher Betätigung und nimmt das Paket quasi unten in Empfang. Aber Lechner kommt gleich und erklärt dem Verdächtigen seine Rechte."

Kilian folgte dem Beamten in die Wohnung, wo man Olaf Kuhn bereits Handschellen angelegt hatte.

„Komm Knut, lass uns abhauen, unser Job hier ist erledigt, würde ich mal behaupten. Und Ulrike und Anita freuen sich bestimmt, wenn wir wieder bei ihnen sind."

Er machte einen Schritt auf Olaf zu. Der wirkte zwar wie ein Häufchen Elend, sah ihn aber relativ gefasst an.

„Tja, da habt ihr ja jetzt beide einen richtig großen Fang gemacht, stimmts? Vielleicht verleiht man euch ja einen Orden oder so."

Kilian wandte sich zum Gehen.

„Es tut mir leid Olaf, aber WIR haben Schmitz nun mal nicht umgebracht. Das warst du ganz allein. Und auch, wenn ich natürlich nichts davon gutheißen kann, so kann ich dich sogar irgendwo ein klein wenig verstehen. Machs gut und viel Glück."

Knut hob nur kurz die Hand zum Gruß, er wusste nicht, was er noch hätte sagen sollen. Im ersten Stock wartete Stefan Häberle. Und man konnte ihm deutlich ansehen, dass ihm diese Situation nun gerade überhaupt nicht passte.

„Soso, da wart ihr also ganz zufällig in Breisach und habt noch viel zufälliger einem unserer Verdächtigen einen Besuch abgestattet. Wollt ihr mich eigentlich verarschen?"

Er hatte einen hochroten Kopf und blies die Backen auf. Knut presste die Lippen zusammen, er befürchtete sonst, lauthals loslachen zu müssen. Kilian war ein wenig bedachter und versuchte, einen halbwegs nachvollziehbaren Satz zusammenzubasteln.

„Ach Stefan, niemand will dich verarschen. Das wir hier sind ist wirklich absoluter Zufall. Wir sind auf der Durchreise nach Hause und haben uns an dem Abend im Hotel mit Olaf so gut verstanden, dass wir ihm unbedingt noch persönlich „Tschüss" sagen wollten. Ich meine, wann kommen wir denn schon mal wieder in den Schwarzwald? Also haben wir die Gelegenheit beim Schopf gepackt und haben uns quasi selbst eingeladen. Das der uns dann, für uns natürlich völlig unerwartet, ein volles Geständnis ablegt konnten wir ja nun wirklich nicht wissen. Zumal Olaf ja gar nicht wusste, dass wir beide Polizisten sind. Also, wie du siehst, alles reine Glückssache. Und immerhin habt IHR ihn jetzt verhaftet und könnt ihn einbuchten. Somit habt IHR den Fall gelöst, eure Ermittlungen waren ein voller Erfolg und der Mörder kommt nun hinter Gittern."

Kilian bauchpinselte Stefan so sehr, dass dieser in dem Moment sogar selbst daran glaubte, dass er und seine Kollegen den Fall ganz alleine gelöst hatten. Knut konnte sich kaum noch beherrschen. Er nickte Stefan Häberle zu.

„Tja, Kollege, dann auf alle Fälle herzlichen Glückwunsch. Man sollte sich nur für die Zukunft eines genau merken: Mit uns „FischKÖPFEN" muss man IMMER und überall rechnen. Selbst im Schwarzwald."

Mit diesen Worten ließ er Stefan Häberle vollkommen sprachlos stehen und zog einen prustenden Kilian mit sich zu dem Taxi, dass schon vorne an der Straße auf sie wartete.

Kapitel 10 - Ein Friese kehrt zurück

Kilian lehnte sich zurück an das grün-weiß gestreifte Rückenteil des Strandkorbes und streckte behaglich die Beine von sich. Die Sonne strahlte und ließ die ungewohnt ruhig wirkende Nordsee fast schon magisch glitzern.

„Ich frage mich wirklich, warum du mich nicht schon während unserer Ermittlungen damals mal mit hierhergenommen hast. Diese Friesentorte ist ja der absolute Wahnsinn!"

Er leckte begeistert die letzten Krümel von seiner Gabel und griff nach seiner Teetasse mit der „Föhrer Mischung". Sie saßen zu viert in Knuts Lieblingscafe „die Insel" am Sandwall und ließen die vergangenen Tage noch einmal Revue passieren. Kilian und Ulrike hatten spontan beschlossen, noch einmal drei Tage Urlaub dranzuhängen und diese mit Knut und Anita in Wyk auf Föhr zu verbringen. Besonders Ulrike genoss die Ruhe und die Gemütlichkeit, die diese Insel im Gegensatz zu dem unruhigeren Leben in Flensburg ausstrahlte, sehr. Knut zuckte mit den Achseln.

„Diese Frage, mein lieber Kilian, ist ganz einfach zu beantworten: Ich konnte dich nicht ausstehen, du warst für mich einfach nur ein unglaublich nervtötender, empathieloser, oberflächlicher und besserwisserischer Mensch mit einem schier unerträglichen

Dialekt. Und da lag es mir natürlich fern, gerade mit DIR meine liebsten Beschäftigungen und Orte hier zu teilen. Einen anstrengenden Bayer mit meinen Gepflogenheiten bekannt zu machen wäre fast schon Verrat an meiner Insel gewesen."

Anita und Ulrike fingen beide an zu lachen, während Kilian sich gespielt empört aufplusterte.

„Geht's noch? Anstrengender Bayer? Ich darf doch wohl sehr bitten. Wäre ich nicht gewesen wärst du heute wahrscheinlich immer noch der Meinung, dass Sarah Holstein die bezauberndste und beschützenswerteste Person des ganzen Erdenrunds ist. Einer musste dich ja schließlich aus ihrem Bann befreien."

Er zwinkerte und zog die Augenbrauen nach oben. Knuts Gesichtsfarbe nahm einen leicht rosa Farbton an. Er versuchte mit den Augen, Kilian zum Schweigen zu bringen. Dann wandte er sich an Anita und nahm ihre Hand.

„Mag ja sein, dass diese Sarah einen gewissen Beschützerinstinkt in mir geweckt hat, aber inzwischen weiß ich doch sehr zu schätzen, was für eine tolle Frau ich an meiner Seite habe."

Er küsste ihr die Hand und fummelte gleichzeitig ein Taschentuch aus seiner Hosentasche, weil Anita sofort wieder in paar Tränchen verdrückte. Ulrike lächelte ihr liebevoll zu. Sie hatte Anita in den Tagen im Schwarzwald näher kennenglernt und festgestellt, dass hinter dieser lauten, auffallenden und oftmals eher schrillen Person eine wunderbar warmherzige und humorvolle Frau steckte. Die ihre verletzliche und liebevolle Art wahrscheinlich eher aus Gewohnheit hinter ständigem Gemecker und einer eher ungewollten Ruppigkeit verbarg. Diese sechs Tage, in denen sie alle viel Zeit miteinander verbracht hatten kam ihr für Anita geradezu vor wie eine Art Heilung. Das Knut sich nun auch immer öfter von seiner eher gefühlvollen Seite seiner Freundin gegenüber zeigte freute sie umso mehr für Anita.

„Ich muss dir echt nochmal sagen, wie toll dir diese neue Frisur steht. Macht dich mindestens zehn Jahre jünger."

Anita lächelte geschmeichelt und fuhr sich durch die Haare.

„Danke, ich finde es auch echt großartig. Ich hoffe, meine Haus- und Hoffrisörin Heidi bekommt das mindestens genauso gut hin."

Ihr unstrukturiertes und ungebändigtes Gewuschel auf dem Kopf war einem lockeren Bob gewichen, der ihre wunderschönen schwarzen Locken nun perfekt betonte. Selbst ihr Gesichtsausdruck schien sich verändert zu haben. Sie wirkte weicher, insgesamt entspannter und nicht mehr so verhärmt. Offensichtlich tat ihr ihre eigene, und vor allem Knuts Veränderung richtig gut.

„Was steht denn heute noch so auf dem Plan?"

Kilian liebäugelte mit einem zweiten Stück Friesentorte. Aber da die letzten Tage im Schwarzwald auch schon eher kalorienreich gewesen waren riss er sich zusammen. Knut überlegte. Dann hatte er eine Idee.

„Also ich schlage vor, wir gehen zusammen ins Friesenmuseum. Das ist gerade für unseren ausländischen Kollegen hier am Tisch bestimmt ziemlich interessant."

Kilian warf mit einem Kluntje nach ihm.

„Und wenn wir schon mal dort sind könnten wir doch gleich mit einem der Verantwortlichen reden und fragen, ob sie nicht vielleicht einen Job für eine engagierte und wissensreiche Trachtenkennerin übrighaben."

Anita strahlte. „Au ja, fantastische Idee. Und unser Museum ist wirklich sehenswert."

Sie riefen X-Bob, bezahlten und machten sich zu Fuß auf den Weg in den Rebbelstieg zum Carl-Häberlin-Friesen Museum,

Drei Stunden später waren Kilian und Ulrike um einige wissenswerte und sehr interessanten Informationen über die Insel Föhr reicher und Anita hatte einen neuen Job. Sie

sollte ab jetzt zweimal wöchentlich den Besuchern etwas über die schöne Föhringer Tracht erzählen und wenn sie wollte, durfte sie an den anderen Tagen auch gerne im Museumscafe mitarbeiten. Somit hatte Anita zum ersten Mal in ihrem Leben einen Job, der ihr richtig Spaß machte und der sie erfüllen würde. Knut war ziemlich stolz auf seine Freundin.

„Und jetzt wäre ich für ein leckeres Essen im „Glücklichen Matthias" und zum Abschluss, sozusagen zur Feier des Tages ein kühles Bierchen im „Pitschis". Ich habe nur vorher noch etwas zu erledigen, geht ihr schon mal vor, ich komme dann nach."

Um neun Uhr abends saßen sie mit dem Blick aufs Meer im „Pitschis" und genossen den lauen Sommerabend. Kilian hatte seine Hand auf Ulrikes Hand gelegt und genoss ihre Nähe. Der Urlaub im Schwarzwald und nun die Tage hier hatten ihm deutlich gemacht, wie sehr er diese Frau liebte, und dass es die absolut richtige Entscheidung gewesen war, mit Ludwina reinen Tisch zu machen. Knut entschuldigte sich zum wiederholten Male kurz und ging nach drinnen. Anita feixte.

„Der und seine Konfirmandenblase. Aber heute ist es echt noch schlimmer als sonst. Männer in dem Alter werden echt wieder zu kleinen Kindern, ständig am Pullern."

Sie lachte. Knut kam an den Tisch zurück und schien ein wenig nervös zu sein. Kilian sah ihn fragend an.

„Alles gut, Kumpel? Du wirkst ein wenig blass um die Nase."

Auch Ulrike und Anita sahen ihn besorgt an. Knut winkte ab.

„Alles bestens, macht euch mal keine Gedanken."

Er schielte zur Eingangstür oberhalb des Treppenaufganges und rieb sich die Hände, als er den Kellner mit einem Tablett mit Sektgläsern auf sie zukommen sah. Ben stellte das Tablett auf den runden Tisch zwischen ihnen ab und entfernte sich. Knut drückte Ulrike und Kilian jeweils ein Glas in die Hand, dann stand er auf und ging vor Anita auf die Knie. Die griff sich augenblicklich ans Herz und fing an zu weinen.

„Ach du lieber Gott, was tust du denn da??"

Knut ließ sich nicht beirren.

„Halt einfach mal für einen Moment deinen Sabbel und hör mir zu."

Er räusperte sich.

„Ich weiß, ich bin ein brummeliger alter Fischkopp, der es einem nicht leicht macht. Und ich weiß auch, dass ich bestimmt in den letzten Monaten unserer Beziehung nicht immer sonderlich nett zu dir gewesen bin. Aber ich musste feststellen, dass ich mir mittlerweile keine andere Frau mehr an meiner Seite vorstellen, kann als dich. Darum Anita Peters... willst du meine Frau werden und einen sturen Friesen damit ziemlich glücklich machen?"

Anita hatte die Augen weit aufgerissen und auch Ulrike und Kilian waren völlig sprachlos.

„Knut Hansen, ist das gerade dein völliger Ernst? Du willst mich auf den Arm nehmen, kann das sein?"

Knut schüttelte den Kopf.

„Nein, es ist mir so ernst wie schon lange nichts mehr. Und es wäre schön von dir, wenn du mir antworten könntest. Meine Beine schlafen gleich ein und ich komme dann nicht mehr schnell genug hoch, um dich vielleicht zu küssen."

Anita beugte sich zu ihm herunter und lachte.

„Natürlich will ich dich heiraten du Dösbaddel. Ich kanns nur noch gar nicht wirklich glauben!"

Sie weinte und lachte gleichzeitig, während Ulrike sich überrascht die Hände vor den Mund schlug. Knut kramte in seiner Hosentasche und förderte ein kleines Schächtelchen zutage. Darin befand sich ein wunderschöner silberner Ring mit einem glitzernden roten Stein in der Mitte. Er steckte ihn ihr an den linken Ringfinger, den sie ihm bereitwillig entgegenstreckte. Dann stand er ein wenig mühsam auf und nahm sie fest in seine Arme. Nach einem ziemlich innigen Kuss merkten sie erst, dass die umsitzenden Gäste ebenfalls aufgestanden waren und ihnen applaudierten. Anita rief rosarot an und hielt sich die

Wangen. Dann starrte sie auf den Ring, der nun an ihrem Finger funkelte.

„Ich dachte, ein roter Stein passt am ehesten zu deinem Temperament."

Knut kniff sie leicht unkend in die Hüfte.

„Ach, eins verbitte ich mir allerdings für die Zukunft!"

Alle am Tisch sahen ihn abwartend an. Anita stemmte bereits wie kampfeslustig die Hände in die Hüften.

„Sag NIE WIEDER Puschi zu mir!!"

ENDE

Zunächst geht mein Dank an das gesamte Personal und natürlich an den Hoteldirektor des Hotels, in dem ich recherchieren durfte, und im Zuge dessen ich schon einige wunderschöne Wochenenden verbracht habe. Des Weiteren bedanke ich mich bei der Belegschaft des Restaurants „Bergsee®", wo ich im Laufe meiner Aufenthalte und Recherchen immer bestens mit leckerstem Essen versorgt wurde. Mein nächster Dank geht an die Polizeistation in Neustadt und an das Polizeipräsidium Freiburg, die mich tatkräftig dabei unterstützt haben, auch dieses Mal wieder bei meinen „Ermittlungen" so authentisch wie möglich zu bleiben. Und nicht zuletzt geht mein Dank an meinen Mann Thorsten alias „de Vadder", der sich mit vollem Einsatz und den besten Ideen um meine Werbung, den Vertrieb und um meinen täglichen Kaffeekonsum kümmert.

Ihr dürft Euch jetzt schon auf das Jahr 2025 freuen, in dem mein Hauptkommissar Knut Hansen in meiner Krimireihe „Das Rätsel" gleich zweimal zusammen mit seinem Kollegen Kilian Brandner ermitteln und auf Mörderjagd gehen darf.

PS: Gefundene Fehler dürft Ihr wie immer großzügig und gerne behalten.